정령의
펜던트

발렌 판타지 장편소설

ORIGINAL FANTASY STORY & ADVENTURE

dream
books
드림북스

정령의 펜던트 20 세계수의 의미

초판 1쇄 인쇄 2022년 3월 10일
초판 1쇄 발행 2022년 3월 24일

지은이 발렌
발행인 오영배
편집 편집부
일러스트 보살
표지 · 본문 디자인 오정인
제작 조하늬

펴낸곳 (주)삼양출판사 · 드림북스
주소 서울시 강북구 도봉로 173
대표 전화 02-980-2112 **팩스** 02-983-0660
편집부 전화 02-987-9393 **팩스** 02-980-2115
블로그 blog.naver.com/dreambookss
출판등록 1999년 3월 11일 제9-00046호

ⓒ 발렌, 2022

ISBN 979-11-283-7108-0 (04810) / 979-11-283-9513-0 (세트)

드림북스는 (주)삼양출판사의 판타지 · 무협 문학 브랜드입니다.

20

발렌 판타지 장편소설

ORIGINAL FANTASY STORY & ADVENTURE

◆ 세계수의 의미 ◆

정령의 펜던트

dream
books
드림북스

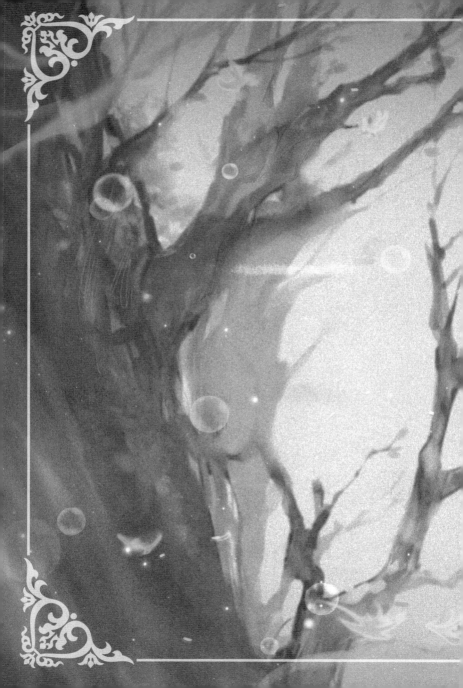

목차

---◆---

---◆---

Chapter 1.
새로운 친구

1.

"골렘이야."

"골렘?"

바율과 친구들은 거의 동시에 일라이를 돌아보았다. 그들이 여태 봤던 골렘이라곤 이사장인 라예가르의 집에서 만났던 나무 골렘족 피오가 전부였다.

"용암 골렘이라고 들어 봤어?"

생소하기 그지없었지만, 이 타이밍에 그런 명칭을 꺼냈다는 것만으로도 충분히 짐작할 수 있었다.

"쟤네도 너처럼 용암에서 반신욕을 즐기는 놈들인가 보지?"

"뭐, 비슷해. 용암에서 태어나고 자란 녀석들이지. 멸종한 줄 알았는데, 여기서 다 보네? 되게 귀엽게 생겼다. 그치?"

용암 골렘을 바라보는 일라이의 입가가 히죽 말려 올라갔다. 그에 에이단이 어이가 없다는 듯 녀석을 올려다보았다.

"야, 라이. 너 아까 밥 잘못 먹었냐? 예쁘고 화려한 것만 좋아하던 애가 갑자기 왜 이래? 저 불타는 돌멩이들이 대체 어디가 귀엽다고?"

귀여움이란 지극히 주관적일 수 있는 가치이기 하나, 단언컨대 작금의 상황에서 쓸 만한 표현은 절대 아니었다.

녀석들이 비록 인간의 몸과 유사한 형태를 띠고 있을지언정, 그 몸체는 시뻘겋게 달궈진 돌덩이들로 이루어진 몬스터였다.

크기가 대략 2미터 안팎으로 오우거보다는 작지만, 위협을 느끼기엔 충분할 정도로 컸다. 게다가 보기만 해도 뜨거운 열기와 무시무시한 괴력이 느껴졌다. 현재 그런 괴물들 수십 마리가 무장한 병사들과 대치 중이었다.

뿔 나팔 소리의 위력인지, 병사들의 수는 백여 명에 달했다. 속속 도착하는 이들까지 합치면 도합 이백은 넘고도 남을 듯했다.

"온몸이 빨갛잖아! 어디 한군데 색이 바랜 곳 없이 말이야! 아빠한테 들은 건데, 용암 골렘족이 거주하는 지역은 용질이 다르대. 그래서 옛날에는 레드 드래곤들이 많이 거느리고 살았다더라."

"용질이면, 설마 용암의 질을 말하는 거냐?"

"어! 레드 일족이 줄면서 자연스레 같이 없어졌다고 들었는데, 어떻게 여기에 있지? 되게 반갑다!"

일라이는 마치 오래전 헤어졌던 친구를 만난 것처럼 좋아했다.

"라이. 네게는 미안하지만, 그렇게 기뻐할 만한 상황만은 아닌 것 같거든."

라나사는 자못 심각한 눈길로 전방을 주시했다. 수적으로 병사 쪽이 압도적으로 우세하긴 하나, 그들은 하나같이 두려움에 떨고 있었다.

쾌락의 신전 사제의 말을 빌리자면, 이달에만 다섯 번째라고 했다. 그렇다면 이번이 처음 치르는 전투도 아닐 것이다. 한데도 이렇게까지 두려워하는 걸 보면 그만큼 상대가 강하다는 걸 의미했다.

아니나 다를까.

점점 거리가 좁혀지는가 싶더니, 골렘들이 갑자기 병사들을 향해 돌진하기 시작했다. 유독 큰 덩치를 자랑하던 골렘 하나가 괴성을 내지르며 달리자 수십이 그 뒤를 따랐다.

"목을 쳐라!"

"머리와 몸통을 잇는 부분이 놈들의 약점이다!"

장내를 울리는 외침이 진영의 뒤편에서 들려왔다. 그 중간중간 마법을 영창하는 소리도 있었다.

쇄애액!

파방! 팡!

이어 파이어 볼이 골렘들에게 날아들었다.

"어라? 마법사가 둘이나 있네."

"근데 왜 저래?"

"…그러게. 어째서 수 계열이 아니라 화염 마법을 쓰는 거지? 상식적으로 저게 용암 골렘족에게 통할 리가 없지 않나?"

마법사의 존재에 내심 다행이라 생각하던 바율과 친구들은 황당한 나머지, 자리에 우뚝 멈춰 서고 말았다.

굳이 용암 골렘족이 무엇에 약한지는 고민해 볼 것도 없이 누구나 알 것이다. 물이 불과 상극이라는 건 어린아이도 아는 사실이었다.

피힝— 팡!

하지만 그걸 아는지 모르는지, 마법사들은 여전히 용암 골렘을 향해 화염 속성 공격만을 고집했다.

"저러는 특별한 이유라도 있는 건가?"

"라이, 너 뭐 아는 거 없어?"

용암에서 반신욕을 한다는 공통점이 있으니, 혹시 자신들이 모르는 약점 같은 걸 아나 싶어서 물었다.

한데 답은 예상치 못한 곳에서 나왔다.

"저들은 병사가 아니야."

로건이 낮게 가라앉은 음색으로 속삭이듯 말했다.

"제대로 훈련받지도 못한 일반 시민들이야. 저들을 대체 왜……."

골렘에 대항할 만한 병사라면 무기를 드는 기본자세나 몇 가지 동작 정도는 당연히 몸에 배어 있어야 마땅했다. 하지만 로건의 눈에 비친 병사들은 수만 많을 뿐, 질서와 규율이라고는 찾아보려야 찾아볼 수 없는 오합지졸에 불과했다.

잘 단련된 기사들도 상대하기 어려울 판에 대체 뭘 어쩌자는 건지. 도무지 이해할 수 없는 대처였다.

"으아악!"

"사, 살려 줘!"

"끄아악!"

예상대로 병사들의 비명이 속출했다. 골렘이 주먹을 한 번 휘두를 때마다 그대로 머리통이 으깨져 절명했다. 병사

측의 사망자들이 줄줄이 늘어났다. 그런 와중에도 열기 탓에 지혈이 되면서 피가 흐르지 않는 게 참으로 기이했다.

아군이 속절없이 무너지고 있었건만, 두 명의 마법사는 아랑곳없이 끝까지 불꽃만 쏘아 댔다. 그것은 골렘들을 잠시 멈칫하게 할 수는 있었지만, 치명타를 주지는 못했다. 물론 아주 극소수는 그 틈을 타 골렘의 목에 창을 꽂는 걸 성공하기도 했다.

"퀸!"

바율은 더 보고 있을 수가 없었다. 신분을 밝히는 건 나중으로 미뤄도 충분하다. 우선은 더 이상 애꿎은 병사들이 다치지 않게 막는 것이 중요했다.

쏴아아아—

별안간 거친 소낙비가 미친 듯이 쏟아지자 제일 당황한 건 골렘들이었다. 놈들은 공격을 멈추고 괴성을 내지르며 급히 후퇴하기 시작했다. 빗물과 불이 맞닿자 수증기가 자욱하게 피어올랐다.

피융! 피융!

그 와중에 퀸은 바율이 내린 비를 이용해 도망치는 골렘들의 목을 정확하게 맞췄다. 언제 다시 공격해 올지 모르는 몬스터이니 깔끔하게 처리하는 게 나을 거란 판단에서였다.

수십이 넘던 골렘들이 바율과 퀸의 합작에 무너지는 데는 불과 5분도 걸리지 않았다.

휘이잉!

어디선가 강한 바람이 불어오자 수증기로 인해 흐려졌던 시야가 단번에 깨끗해졌다. 그 앞엔 장작처럼 화염을 내뿜던 골렘들이 신음하며 바닥에 쓰러져 있었다.

꺼져 가는 불씨처럼 숨을 헐떡이는가 하면, 부싯돌처럼 계속 일어서려는 놈들도 있었다. 이미 생을 달리한 골렘들은 시커먼 숯처럼 검게 변한 후였다.

"흐음. 아쉽네."

일라이가 뒷짐을 진 채 그 사이를 걸으며 입술을 삐죽거렸다. 녀석은 마치 아끼던 장난감을 잃어버리기라도 한 듯 실망한 표정이었다.

"내가 처리하게 놔두면 좋았을 텐데."

구시렁거리며 돌아다니는 자세가, 꼭 전쟁이 휩쓸고 간 곳에서 생존자라도 찾는 것 같았다.

"이, 이런 육시랄!"

그때 욕설을 뱉으며 병사들을 헤치고 마법사 둘이 튀어나왔다. 그들은 안도의 기색이 역력한 병사들과는 달리 전부 망연자실한 얼굴들이었다.

"쓸 만한 것들이 하나도 없어."

"하아, 엄청나게 깨지겠군."

골렘들의 사체를 내려다보는 그들의 눈에 든 감정은 분명 아까움이었다.

"재수 없게 비가 내리고 지랄이야."

"왠지 오늘은 나오기가 싫더라니."

마법사들은 단순한 스콜이 지나갔다고 여기는 듯, 불만을 토하며 주위를 발 빠르게 살폈다. 혹시 모를 '상품'이 하나쯤은 남아 있지 않을까, 그리고 그것을 발견할 수 있지 않을까 하는 기대를 하면서.

"어!"

그러다 정말로 무언가를 찾아내었다. 검게 타 버린 골렘의 사체 더미가 꿈틀거리더니, 그 밑에서 작은 손 하나가 툭 튀어나온 것이다. 그것은 이내 서서히 제 몸을 완전히 드러냈다.

"새끼구먼!"

무릎 정도를 겨우 넘는 작은 놈이었다. 어미의 품에 숨어 있기라도 했었는지 새끼 골렘 한 마리가 두려움에 떨며 뒤로 한 발짝 물러섰다. 그런 녀석 역시 비를 완벽히 피하지는 못한 듯 한쪽 팔과 어깨에 그을린 자국이 있었다.

"이놈이라도 잡자!"

탐욕에 젖은 두 마법사가 새끼 골렘에게로 천천히 다가

갔다.

"거기, 정지!"

일라이의 카랑카랑한 목소리가 울린 것은 그때였다. 마법사들은 물론 병사들까지 일라이를 향해 시선이 돌아갔다.

"…누구십니까?"

처음 보는 얼굴이나, 일라이의 범상치 않은 분위기에 입에선 절로 경어가 흘러나왔다. 이어 그 주변을 살펴보자 그제야 못 보던 자들이 더 있다는 걸 자각했다. 용암 골렘을 잡는 데 정신이 팔린 탓이었다.

"나는 누군지 알 것 없고. 그 녀석에게서 떨어져."

일라이는 걱정 말라는 듯 새끼 골렘을 향해 씩 미소를 지었다.

그런데 무슨 일일까. 안 그래도 겁에 질려 있던 녀석이 더욱 소스라치게 놀라며 뒤로 나자빠지는 것이 아닌가.

"괜찮아! 널 해치려는 거 아니야!"

에이단은 저도 모르게 그런 녀석을 향해 뛰어가 괜찮을 거라고 안심시켰다. 어미를 잃고 홀로 남은 새끼의 두려움이 마음 한쪽에 전해진 순간, 몸이 제멋대로 움직였다.

"그, 끄륵?"

"알아, 무서운 거. 근데 내가 약속할게. 절대 널 다치게 하지 않아."

용암 골렘이 레드 드래곤을 무서워하는 건 일종의 본능이었다. 그에 반해 에이단에게선 친근함이라도 느낀 듯, 피하기는커녕 되레 눈을 맞추며 상대하고 있었다.

"뭐 하는 놈들이지?"

분위기에 잠깐 압도당하긴 했지만, 마법사들은 이내 수상함을 느끼고 병사들에게 명령했다. 어린애한테 존대를 했다는 것에 수치심마저 느꼈다.

"당장 이놈들을 포박하라!"

"못 보던 놈들인 걸 보니, 막장에서 탈출한 게 틀림없다!"

조금만 이성적으로 따져 보면, 어딘가에서 탈출한 이들이 도망을 쳐도 모자랄 판에 굳이 이런 데 나타날 리가 없었다. 더욱이 이토록 멀쩡한 차림새로 말이다.

그러나 골렘 사냥이 실패로 돌아간 충격 때문인지, 마법사들은 깊게 생각하지 못했다.

"가, 가만히 계시오!"

젖은 물기를 털어 내며 우왕좌왕하던 병사들이 바율 일행을 점점 둘러쌌다. 거리를 좁혀 오는 모양새가 서툴기 짝이 없었다.

"휴우."

바율은 작게 한숨을 내쉬었다가 하는 수 없다는 듯 다시 한번 비를 뿌렸다. 이번엔 개개인의 머리 위에, 양동이 서너 개 정도 되는 양의 물벼락이었다.

"으핫!"

"푸에췻!"

그 물은 머리를 식히고도 남을 만큼 냉기를 품고 있었다. 더운 날씨에도 생살이 끊어지는 듯한 감각이 들 정도였다.

"이제 제가 누군지 대답이 되었습니까?"

두 마법사의 시선이 허공에서 부딪쳤다. 그들의 동공은 지진이라도 난 듯 흔들렸고, 이내 같은 결론을 내렸다.

개중 한 사내가 겨우 목구멍을 열어 조심스럽게 물었다.

"호, 혹시…… 라, 란데르트 백작님이십니까?"

그들도 귀가 있기에 특무대신인 바율이 자연재해를 해결하기 위해 아리아나에 방문한다는 것쯤은 알고 있었다. 다만 그때가 언제인지 정확한 시기까지는 알지 못했을 뿐이다.

제기랄.

왜 하필 지금 이 순간이란 말인가.

제발 아니기를 바라지만, 사실 두 사람 모두 확신에 가까운 짐작을 하고 있었다.

한순간에 이백여 명의 머리 위로 물벼락을 내릴 수 있는 이는 세상에 많지 않았다. 아니, 아마도 정령사인 란데르트 백작만이 가능하리라.

'제대로 망했군.'

더욱이 상대가 진짜 란데르트 백작이라면, 조금 전 내린 비 역시 우연이 아닐 확률이 높았다. 다시 말해 자신들의 행위를 계속 지켜봤을 수도 있다는 뜻이었다.

"얼마 전부터 그리 불리고 있습니다."

둘의 바람을 무참히 깨부수며 바율은 순순히 인정했다. 그리곤 두 마법사, 브레게와 샤멜을 향해 천천히 걸어갔다.

아무 의미 없는 가벼운 걸음걸이였지만, 사내들은 어깨를 부르르 떨며 황급히 고개를 조아렸다.

놀라기는 병사들도 마찬가지였다. 그들은 저들이 감히 란데르트 공작 전하의 아들에게 무기를 겨누었다는 사실에 극심한 충격을 받은 듯했다.

"주, 죽여 주십시오!"

누군가 큰 소리로 말하자 병사들은 마치 황제라도 알현한 양, 이구동성으로 따라 외치며 젖은 땅바닥에 몸을 납작 엎드렸다.

어차피 소모품으로 이용된 자들이었다. 그들에게 굳이 죄를 찾자면 상사를 잘못 만난 것일 터. 바율은 병사들에게서 눈길을 거두고 마법사들에게 집중했다.

"무엇을 하는 중이셨습니까?"

"…네?"

"아무리 생각해도 이상해서 말입니다."

바율은 곧은 눈으로 새까매진 골렘의 사체를 내려다보았다.

"수 계열의 마법을 사용하면 제압이 편했을 텐데, 어째서 그러지 않은 겁니까?"

"그, 그건……."

"또 하나. 왜 제대로 훈련조차 되지 않은 자들을 이런 위험 지역에 데려온 건가요?"

"그, 그것이……."

바율이 답하기 곤란한 질문들을 연신 던져 대자 당황한 브레게와 샤멜은 그저 눈알만 뒤룩뒤룩 굴렸다.

"쯧쯧."

보다 못한 일라이가 혀를 차며 불쑥 끼어들었다.

"갑자기 혀가 굳으셨나. 왜 말들을 안 해. 내가 대신 이야기해 볼까요?"

일라이는 처음부터 용암 골렘을 알아보았다. 그가 에이단의 곁에서 벌벌 떨며 자신을 보고 있는 새끼 골렘을 힐긋거리곤 설명했다.

"용암 골렘의 피부라고 해야 할까. 몸을 이루고 있는 돌덩이들은 매우 고가에 거래되거든. 단, 물에 젖지 않은 상태여야 하지. 이게 어디에 쓰이냐면, 주먹만 한 조각 하나만 있어도 겨울 한 계절을 거뜬히 날 수가 있다고 해. 그만큼 뜨끈하게 만들어 주니까."

"벽난로 같은 건가?"

"그렇지! 심지어 연료도 필요 없는 난로!"

잘 놓아 두기만 하면 따로 보온을 신경 쓰지 않아도 따뜻한 온도를 유지해 주기 때문에 옛 귀족들 사이에선 각광받는 상품이었다.

그러나 불행히도 용암 골렘족은 오래전에 멸종하다시피 사라졌고, 그로 인해 차츰 인간의 기억에서도 멀어졌다.

아리아나에 와서 용암 골렘을 만났다는 데 일라이는 다시금 흥분했다. 레드 드래곤인 그가 추위를 걱정하는 것은 당연히 아니었고, 오로지 용질 때문이었다.

"그런 거라면 엄청 비싸겠는걸."

"여기선 쓸모없어도 북부에선 날개 돋은 듯 팔려 나가겠군."

"최근 광물 채취를 못해 아리아나의 수입이 많이 줄었다고 들었습니다. 설마 이것으로 구멍 난 자금을 메꾸려고 하신 겁니까?"

"그렇다면 꿈도 야무지시지."

용암 골렘은 골렘 중에서도 매우 강한 일족이었다. 정령 사인 바율과 인어족인 퀸 때문에 손쉽게 제압이 가능했던 것이지, 아마 그들이 나서지 않았다면 병사들은 전멸했을 것이다.

　이번이 다섯 번째 사냥임을 일행은 이미 알고 있었다. 이들은 돈 때문에 다섯 차례나 시민들을 위험에 빠뜨리게 한 셈이었다.

　앞선 네 번의 전투에선 얼마나 많은 희생자가 나왔을까. 아무리 이곳이 범죄자들의 소굴이라 할지라도 이것은 용서할 수 없는 행위였다.

　"참, 이 녀석들이 사납긴 해도 먼저 건드리지 않으면 절대 나서지 않는 족속들이기도 해."

　"그렇다는군요."

　"사, 살려만 주십시오!"

　"잘못했습니다요!"

　"저는 죽이겠다고 말한 적 없습니다."

　능력을 보이면 다들 짜기라도 한 듯 살려 달라는 말을 내뱉는다. 제 욕심 때문에 수십 명의 목숨을 그리 쉽게 저버리고도 자신의 명줄만은 특별히 귀하기라도 한 양 굴다니. 저 뻔뻔함은 죄를 지은 자들의 특성인 걸까. 하도 들으니 바율은 이제 별 감흥도 느껴지지 않았다.

야도라는 자는 어떻게 나오려나. 괜한 잡념이 순간 머릿속을 파고들었다.

"가서 전하십시오."

"…예?"

"제가 곧 찾아갈 거라고."

"누, 누구에게 말씀입니까?"

브레게와 샤멜은 바율의 명을 이해하지 못하고 멍청히 되물었다. 그들로서는 난데없이 무슨 말인가 싶었다.

"오늘 일, 야도란 자가 시킨 것 아닙니까?"

"……!"

어차피 지금은 이들을 벌할 수 없었다. 엄밀히 따지자면 용암 골렘을 사냥하는 건 죄가 아니기 때문이다. 훈련도 안 된 병사들을 데려온 것도 인력이 부족해 어쩔 수 없었다고 둘러대면 그뿐이었다.

핵심은 음지의 주인인 야도를 잡는 것이었고, 그 일은 자연재해를 먼저 해결한 후에 하는 편이 나았다. 면책권까지 손을 보는 문제이니 신중을 기해야 했다.

"오늘과 같은 무모한 행동을 더는 목격하지 않길 바랍니다."

바율은 차갑게 경고하고는 보란 듯이 골렘의 사체를 땅에 파묻었다. 뱀이 아가리를 벌리듯 대지가 저절로 갈라지며 그 사이로 골렘들이 떨어지자 병사들이 기겁하며 신음성을 터뜨렸다.

하다못해 마법처럼 최소한의 시동어를 외치는 일도 없었다. 자연을 진정 마음대로 제어하는 바율의 능력에 그들은 진심으로 두려움을 느꼈다. 만약 신이 세상에 강림한다면 지금 이런 모습이 아닐까 싶었다.

"그만 성으로 돌아가죠."

남쪽은 해가 늦게 진다고 하더니, 이제야 하늘이 주황빛으로 물들어 가고 있었다. 바율이 부탁하자 데스가 흔쾌히 고개를 끄덕이며 마력을 방출했다.

일행이 순식간에 시야에서 사라지자 남은 사람들은 다시한번 혼비백산해서 놀라고 말았다. 도무지 가슴이 진정되질 않아서 한동안 자리를 뜨지도 못한 채 심호흡을 해야만 했다.

2.

"으앗! 뜨거워!"

데스 덕분에 바율과 친구들은 편하게 원래 있던 장소로 빠르게 복귀했다. 실내는 무엇 하나 바뀐 점 없이 그대로 일행을 맞이했다. 다만 달라진 게 있다면, 예상치 못한 혹 하나가 붙었다는 것이랄까.

손등에서 느껴지는 뜨거운 열기에 에이단은 비명을 지르며 후다닥 뒤로 물러섰다.

"뭐, 뭐야!"

"왜 저…… 저게 여기 있어!"

갈 때는 아홉이었던 인원이 어느 틈엔가 열이 되었다. 새끼 골렘이 공간 이동에 걸려 함께 따라온 것이다.

"끄, 끄륵!"

바뀐 환경에 녀석 역시 당황한 듯 주변을 마구 휘둘러보더니 에이단에게로 쿵쿵 다가갔다.

"으어어……."

입에서 절로 신음이 흘렀지만, 에이단은 차마 피할 수가 없었다. 왜냐하면 녀석이 울고 있었기 때문이다. 붉은 액체가 녀석의 눈에서 뚝뚝 떨어지자 치이익, 하고 바닥이 타들어 갔다.

"엄마를 잃었나 봐……."

에이단은 울상이 돼서는 새끼 골렘을 대변했다. 상황이 왜 이렇게 되었는지는 모르겠지만, 졸지에 혼자가 되어 버린 어린 녀석에게 에이단은 말이 통하는 유일한 상대였다. 그래선지 녀석은 에이단에게서 떨어지지 않으려고 하는 것 같았다.

"으헐, 이러다 나 타 죽는 거 아니야?"

문제는 그런 녀석이 너무나 뜨겁다는 점이었다. 에이단은 어쩔 수 없이 계속 새끼 골렘과 거리를 벌렸고, 그럴수록 녀석은 더욱더 에이단에게 다가가려고 애썼다.

"라이, 네가 어떻게 좀 해 봐!"

불은 레드 드래곤인 일라이의 고유 속성이었다. 바율은 당황한 나머지 자신이 어떻게 해 볼 생각도 못 하고 일라이를 황급히 떠밀었다.

그때까지 일라이에게 친구의 고생 같은 건 보이지도 않았다. 그저 그는 용암 골렘을 흥미롭게 바라만 볼 뿐이었다. 녀석과 같이 반신욕을 하면 어떤 기분일까, 하는 생각도 하면서.

"어이, 꼬마야! 잠깐 이리 온."

바율의 독촉에 일라이는 짐짓 엄중한 목소리로 녀석을 불러 세웠다. 일라이에 대한 두려움 때문인지, 다행히 새끼 골렘은 바로 멈춰 섰다.

"바닥이 완전 난장판이구먼."

녀석이 그새 얼마나 헤집어 놨으면 그을음투성이였다.

"너, 체온 조절할 수 있지?"

"…끄륵."

"뭐라는 거냐."

유감스럽게도 드래곤인 일라이에게 통역 능력까지는 없었다. 그가 에이단을 쳐다보자 녀석이 반색하며 말했다.

"할 수 있다는데?"

"그럼 일단 체온부터 눌러. 안 그러면 네가 지금 신나게 쫓아다니는 저 녀석 타 죽는다."

"끄륵."

일라이의 명령에 새끼 골렘이 즉각 반응했다. 일라이가 골렘의 말을 알아듣지 못하는 것과는 달리, 녀석은 용케 잘 알아듣는 모양이었다.

체온을 조절하는 것 또한 용암 골렘족에겐 그리 어려운 일이 아닌 듯, 녀석의 몸 색이 점점 바래졌다. 그와 함께 열기도 한결 빠져나갔다.

완전히 검게 변하지는 않았지만, 처음과 비교하면 굉장히 옅은 붉은색이 되었다.

"와, 이제 살 것 같다!"

안 그래도 더운 날씨에 새끼 골렘 때문에 연신 비지땀을 흘리고 있던 에이단은 그제야 참고 있던 숨을 몰아쉬었다.

"끄륵?"

마치 그걸 기다렸다는 듯 녀석이 에이단에게 달라붙었다. 뜨겁지는 않지만, 온기는 여전히 남아 있었다.

"야, 골렘! 넌 이런 걸 할 줄 알았으면 진즉에 했어야지. 괜히 쫄았잖아."

"끄륵!"

"아, 뭐 그렇다고 그렇게 미안해할 필요는 없고."

"끄륵! 끄륵!"

"그건 좀 곤란한데……."

"왜, 또? 뭐라는데?"

갑자기 에이단이 난처한 기색으로 중얼거리자 덩달아 친구들도 긴장했다. 개중 바율은 내심 죄책감도 느끼고 있다. 사람들을 살리기 위해서였다고는 하나 전후 사정을 살피지 못한 채 비를 내렸고, 그로 인해 녀석에게서 어미를 뺏어 간 꼴이 되었기 때문이다.

"…나랑 있겠대."

"너랑?"

"응. 돌아가 봤자 아무도 없다고 하네."

에이단은 난감했다. 테이머로서 많은 동물을 친구로 둔 그이기는 하나, 이처럼 몬스터와 가깝게 지냈던 적은 없기 때문이다.

그것도 골렘이라니.

게다가 하필이면 용암 골렘이라니.

"나 막 화상 입고 그러는 거 아니야?"

"끄륵! 끄륵끄륵!"

에이단의 걱정을 알아들은 듯, 새끼 골렘이 격정적인 소리로 울었다. 마치 그럴 일 없다고 항변하는 듯한 모양새였다.

"삐욕!"

그리고 그때 에이단이 두고 간 모자 속에서 쿨쿨 자고 있던 잉그리드가 특유의 울음소리를 내며 파드득 날아왔다.

"어, 잉그리드. 어쩌면 그렇게 될 것 같아."

손등에 착지한 잉그리드의 깃털을 살살 쓰다듬으며 에이단은 새끼 골렘을 찬찬히 뜯어보았다. 잉그리드도 호기심이 동한 듯 손등과 어깨를 총총거리며 왔다 갔다 하면서 새끼 골렘을 주시했다.

"…이름을 지어 주어야겠지?"

그러다 결국 에이단의 입에서 나온 건 녀석을 받아들이겠다는 결정이었다.

"내 그럴 줄 알았지!"

"어미 잃은 녀석을 모른 척할 정도로 에이단 네가 독한 녀석은 아니거든."

"잘 생각했다."

기다렸다는 듯 친구들이 연이어 칭찬했지만, 정작 당사자인 에이단의 표정은 그리 밝지 않았다.

"악마 1과 2가 절대 가만히 있지 않을 텐데⋯⋯ 어떡하지?"

"레오네트 백작님이 반대하실까 봐 걱정하는 거냐?"

"어, 잉그리드랑은 다르잖아. 이대로 데려가면 그 쇠로된 지팡이로 몇 대 맞고 시작할 것 같은 느낌이랄까."

웬 몬스터 새끼를 집으로 들였냐며 노발대발할 할아버지의 모습이 눈앞에 훤히 그려졌다.

"너무 부정적으로만 생각하는 거 아니야? 너, 우리 집에서 피오 봤잖아. 골렘족의 충성심은 예로부터 알아준다고."

"그럼 라이, 네가 데려가든가!"

남은 이 난관을 어떻게 극복해야 하나 머리를 있는 대로 굴리고 있건만, 친구라는 놈이 위로는커녕 팔자 좋게 충성심 타령이나 하고 있다니.

에이단이 욱하는 성질을 참지 못하고 버럭 소리치자, 새끼 골렘이 몸을 움츠리며 눈치를 살폈다. 아무래도 제 탓이라고 생각하는 듯했다.

"아니야, 너한테 화난 거. 그냥 이 녀석 말이 너무 성의없어서 그런 거지."

갑작스레 변한 환경에 겁을 먹은 건 이해하지만, 이제 보니 타고나길 소심한 것 같기도 했다.

"그래! 티미드, 줄여서 티미. 어때?"

소심하다고 하니 딱 떠오르는 단어가 있었다. 두 글자로 줄여 말하니 제법 깜찍한 느낌도 나는 게, 에이단은 퍽 만족스러웠다.

"티미?"

"난 괜찮은 것 같은데?"

"응, 귀여운 동생 같은 느낌이다."

이제껏 녀석이 동물들에게 지어 줬던 이름들과는 분위기가 사뭇 달랐다. 너 혹시 몬스터라고 차별하는 거냐고 한마디 하려던 일라이는 가까스로 정신을 차리고 조용히 입을 다무는 쪽을 선택했다.

"꼬마야. 이제부터 네 이름은 티미야. 앞으로는 그렇게 부를게."

"끄륵?"

"싫으면 지금 말하고."

새끼 골렘이 싫지 않다는 듯 고개를 크게 가로저었다.

"인간의 언어도 곧잘 하니까 한번 가르쳐 보든가. 피오도 처음엔 인간 말을 아예 못했는데, 이제는 아주 능숙해졌지."

"앗, 진짜? 가르치면 제국어를 할 수도 있단 말이야?"

"어. 쟤네 보기보다 엄청 똑똑하다니까? 에이단, 너 내

덕에 땡잡은 줄 알아!"

기실 티미를 거두는 데는 협조한 바가 거의 없음에도 일라이가 은근슬쩍 생색을 내며 덧붙였다.

"나도 가끔 빌려 갈게."

"빌리다니?"

"용질을 좋게 한다잖아. 저 녀석도 가끔은 용암에 몸을 담글 필요가 있고. 겸사겸사 나랑 같이하면 좋을 거야."

"…순전히 너만 좋은 건 아니고?"

"야! 쟤도 용암이 필요하다니까? 나 아니면 딱히 부탁할데도 없지 않냐?"

펄쩍 뛰는 일라이를 잠시 하찮다는 듯 쳐다보던 에이단이 슬쩍 바율을 돌아보았다.

"왜 없어? 저기 떡하니 제국 최초의 정령사님이 존재하시는데."

"…스피넬은 귀찮아할지 몰라."

"난 여태 스피넬이 바율 명을 어기는 걸 본 적이 없거든?"

틀린 말이 아니었기에 일라이는 일순 말문이 막혔다.

'아 씨. 그럼 천상 스피넬이 티미를 데려갈 때 몰래 쫓아가기라도 해야 하나?'

드래곤 모양 빠지게.

녀석의 입술이 불퉁하게 튀어나왔지만, 모두의 관심이 티미에게 쏠려 있던 터라 아무도 보지 못했다.

솔직히 일라이도 새끼 골렘에게 잘해 주고 싶은 마음이 아예 없는 것은 아니었다. 하지만 녀석이 워낙에 그를 무서워하는 바람에 어쩔 도리가 없었다.

불의 정령인 스피넬은 상성이 같은 일라이를 가깝게 생각하는 반면, 야생성 때문인지 본능 탓인지 티미는 그와 눈도 맞추지 않으려고 했다.

'차차 시간이 지나면 좀 나아지겠지.'

일라이로서는 나중을 기약할 수밖에 없었다.

'쩝.'

"삐욕! 삐욕!"

그때 갑자기 잉그리드가 에이단의 어깨에서 시끄럽게 울어 댔다. 동시에 마실 나갔던 이노센트가 실내에 모습을 드러냈다.

"응? 못 보던 돌멩이네?"

녀석은 티미를 보자마자 신기했는지 주변을 뱅뱅 돌았다. 이노센트가 움직일 때면 언제나 그렇듯 작은 물방울들이 마치 살아 있는 것처럼 그녀를 따르며 허공을 수놓는다.

그 탓에 겨우 진정 중이던 티미가 다시금 놀란 몸짓을 해 댔다. 에이단에게 더욱 바짝 붙어서는 모양새가 서늘한 물의 기운에 놀란 게 분명했다.

"이노센트."

"응, 바율!"

"이름은 티미고, 용암 골렘족이야."

"용암 골렘족?"

"스피넬이랑 비슷하다고 생각하면 돼. 단, 물에 취약해서 몸에 물이 닿으면 안 되거든? 그러니까 특별히 더 조심해 줘."

"일반 물은 과하지만 않으면 괜찮을 거야. 정령의 물이 위험한 거지."

일라이가 중간에서 바율의 말을 약간 정정했다.

"아까 골렘들이 그렇게 허무하게 쓰러진 것도 정령의 힘 때문이야. 평범한 물로도 어느 정도 피해를 줄 수는 있지만, 정령에 비하면 강도는 훨씬 약하지."

"아, 그런 거였어?"

"아마 이 녀석 어깨와 팔에 생긴 흉터도 영영 사라지지 않을걸?"

일라이는 별 뜻 없이 한 말이었지만, 바율은 어쩐지 티미에게 더 미안해졌다. 의도한 바는 아니라 해도 어쨌든 그로 인해 혼자가 되었고, 평생을 안고 갈 상처까지 생겼으니 말이다.

"알겠어, 바율! 앞으로 티미에게선 이 정도 떨어져 있을 게."

티미가 겁을 먹건 말건 얼굴까지 드밀어 녀석을 관찰하던 이노센트가 바율의 감정을 읽고는 대번에 죽 물러섰다. 그러곤 눈웃음을 쳐 가며 티미에게 인사했다.

"안녕, 난 이노센트야. 물의 정령. 잉그리드는 나랑 제일 친한 친구니까, 우리도 잘 지내 보자."

"…끄륵?"

"어, 친구. 나 아무하고나 친구 안 해."

"끄륵……."

"소심하기는. 어떤 멍청이랑 조금 비슷한 것도 같네."

"이노센트."

템페스타가 없어서 다행이었다. 바율이 짐짓 엄한 눈빛을 하자 이노센트가 못 본 척 어색하게 고개를 돌리며 잉그리드에게 날아갔다. 종알종알 떠들던 둘은 이내 아무 보고도 없이 창밖으로 획 사라져 버렸다.

"그럼 우리도 그만 쉬러 갈까?"

어느새 밖이 컴컴해졌다. 내일은 일찍부터 멜러바인 백작과 약속이 있었다. 그가 티미를 보면 무어라 말할지 걱정스럽기도 했지만, 내일 일은 내일 생각하기로 했다.

이언 경은 칼라 경을 잘 살피고 있겠지?

복도에서 일행과 인사를 나누고 헤어질 때, 바율은 문득 이언이 떠올랐다.

"바율, 피곤해?"

"…어?"

"아무리 그래도 인상 좀 펴. 그러다 주름 생긴다."

퀸이 바율의 미간을 꾹 누르며 피식 웃자, 바율은 그제야 자신이 찡그리고 있었음을 자각했다.

"피곤한 건 아닌데, 그냥…… 이래저래 신경이 쓰이네."

"칼라 경 말이지?"

"응."

"답이야 두고 보면 나올 거야. 그녀가 어떤 선택을 하든, 넌 네 할 일을 하면 되는 거고."

그러니 더 이상 잡생각 하지 말라는 듯, 퀸이 갑자기 바율의 머리칼을 마구 흐트러뜨렸다.

"퀸!"

늘 친구들의 공격(?)으로부터 구해 주기만 하던 퀸이었기에 바율은 내심 깜짝 놀랐다. 그만하라며 손을 움직여 보았지만, 둘 사이에는 현격한 키 차이가 존재했다. 아무리 팔을 뻗어도 퀸의 머리엔 닿지도 않았다. 퀸이 요령 좋게 피한 까닭도 있었다.

"가자."

터져 나오는 웃음을 간신히 삼키며 퀸이 바율의 어깨에 팔을 둘렀다. 녀석이 자신만 당한 게 억울하다는 듯 두 눈을 치떴지만, 퀸은 그저 앞을 바라볼 뿐이었다. 바율의 잡념을 떨쳐 내는 데 성공했다는 사실에 뿌듯해하며.

3.

날이 밝았다. 낮이 긴 아리아나는 해가 늦게 떨어지기도 하지만, 일출 시간도 빨랐다. 바율은 평소보다 이른 아침 식사를 마치고 델러바인 백작과 함께 문제의 장소에 도착했다.

에이단은 본인이 가 봤자 딱히 할 일이 없기도 하거니와, 티미를 혼자 둘 수 없다는 명목으로 성에 남았다.

비슷한 이유로 로건과 라나사도 잔류를 택했고, 나머지 일행은 바율을 따라나섰다. 밤중에 돌아온 이언과 칼라 역시 동행했다.

"여기에서 갱도 붕괴 사고가 가장 빈번하게 일어났단 말씀이지요?"

"네. 조금 전 지도에서 보셨겠지만, 총 열 곳이 넘습니다."

"그렇군요."

델러바인 백작과 그의 수하들은 곰곰이 생각에 잠긴 채 턱을 만지는 바율을 마른침을 삼키며 바라보았다. 연이은 붕괴로 갱도 복원 작업에 시간을 투자하느라 벌써 수일 째 일을 하지 못하고 있었다.

아무리 자연을 제어하는 정령사라고는 하나, 이 어린 소년이 이 난제를 정녕 해결해 줄 수 있을 것인지 그들은 여전히 의심스러웠다.

"셰임."

그런 사람들의 마음을 아는지 어쩐지, 바율이 셰임을 불러냈다. 훤칠한 미남자가 순식간에 눈앞에 나타나자 뒤에서 놀라는 소리들이 들렸다.

"부르셨습니까."

셰임은 바율 앞에 한쪽 무릎을 꿇은 채 정중히 예를 올렸다.

"여기 이것 좀 봐 주시겠어요?"

바율이 델러바인 백작의 손에 들린 지도를 가리키자 셰임이 즉각 날아와 눈으로 훑었다.

"표시된 지점이 사고가 난 장소들입니다. 제 생각에는 땅 밑에서 뭔가가 어긋나면서 차례대로 무너진 것 같거든요. 그 시발점이 어딘지를 찾아서 구체적인 원인을 알아내고, 무너진 곳도 복구해야 할 것 같습니다."

"금방 돌아오겠습니다."

셰임과 스피넬은 어제부터 이미 일대를 둘러보았다. 아마 대충 어디를 손봐야 할지 알고 있을 것이다.

믿음직스럽게 답하고 사라지는 셰임의 모습을 사람들이 홀린 듯 쳐다보았다.

"스피넬."

그러거나 말거나 바율이 이번에는 스피넬을 불렀다.

"네, 바율 님."

"셰임이 시작하면 화산이 분출할 거야. 사람들에게 피해가 가지 않도록 해 줄 수 있지?"

"물론입니다."

"템페스타."

"응!"

아까부터 근처를 기웃거리고 있던 녀석이 한달음에 달려왔다. 덕분에 한순간 시원한 바람이 일행의 더위를 식혀 주었다.

"날리는 먼지나 재가 있으면 멀리 보내 줘."

"그것만 하면 돼? 여기 공기 엄청 더운데, 시원하게 만들어 줄까?"

"그건 나중에."

오늘도 여전히 의욕에 불타오르는 녀석을 보자 바율은 절로 웃음이 새어 나왔다.

"어어!"

"지, 지진이다!"

지반이 흔들리기 시작한 것은 그때였다. 이미 시민들은 진즉에 대피를 시켰기에 안전에 관한 걱정은 할 필요 없었다.

바율이 서 있는 곳까지 진동이 느껴지자 백작과 그의 수하들이 당황하며 서로를 붙잡았다.

그렇게 얼마나 지났을까.

"다 끝났습니다."

"…예?"

델러바인 백작이 멍하니 입을 벌린 채 황당하다는 표정을 지었다. 시계를 꺼내 보지는 않았지만, 한 시간은커녕 삼십 분도 지나지 않았다. 게다가 바율은 가만히 서 있기만 했고, 자신들이 느낀 거라곤 겨우 땅이 몇 번 흔들리는 정도였다.

그런데 끝이라니?

지금 장난이라도 치는 건가?

"가서 확인해 보십시오."

인간에게는 감히 시도조차 불가능한 일이지만, 사실 이

번 원정은 상급 정령이 된 정령들에겐 너무나 쉬운 일거리였다. 설명을 해 줘도 직접 보지 않으면 사람들은 좀처럼 믿지 못한다.

"그리고, 이 일이 정리되는 대로 백작님은 저와 다른 얘기를 나누셨으면 합니다."

델러바인 백작의 명령에 그의 부하들이 발 빠르게 멀어지고 있었다.

"원하시는 게 있으면 무엇이든 말씀하십시오."

백작은 그저 바율이 문제를 해결했으니 별도의 대가를 바라는 것이라고 단순하게 생각했다. 하지만 바율에게선 전혀 뜻밖의 말이 흘러나왔다.

"야도. 그자와는 어떤 거래를 하신 겁니까?"

Chapter 2.

기회를 드리는 겁니다

1.

　성으로 돌아온 델러바인 백작은 초조함을 숨기지 못했다. 그는 대낮부터 독한 술을 꺼내더니 안주도 없이 연거푸 들이켰다.

　"제가 어려운 질문을 한 겁니까?"

　바율은 백작과 마주 앉아 있었다. 그런 그의 좌측에는 맥과 이언이, 우측으로는 칼라가 함께 자리했다.

　"맨정신으론 털어놓을 수 없는 얘기를 제가 너무 대놓고 물었나 봅니다."

　탁!

　델러바인 백작이 술잔을 거칠게 내려놓았다. 탁자든 잔

이든 깨지지 않은 게 다행일 정도로 마찰음이 요란하게 울렸다.

"지금 비꼬는 겐가?"

강한 술 냄새가 바율의 후각을 자극했다. 그새 취한 것 같지는 않건만, 그는 돌연 하대를 하며 삼킬 듯한 눈빛으로 바율을 노려보았다.

"아버지."

칼라의 차가운 음성에 델러바인 백작의 고개가 돌아갔다.

"폐하께서 친히 특무 대신에 임명하신 분입니다. 말씀을 조심해 주세요."

"훗! 그러하냐?"

애지중지 여기던 딸이 고향에 돌아왔거늘 여태 미소 한 번을 보기가 어려웠다. 처음엔 오랜만에 만난 아비가 어색해서 그런 건가 싶었지만, 그게 아니라는 걸 이제는 알고 있었다.

사실 조금은 예감한 것도 같다. 만월 기사단에 입단하겠다는 녀석의 의지를 끝내 꺾지 못했을 때, 오늘 같은 사태가 벌어질 것임을 짐작했다. 딸은 더 이상 제가 키운 온실 속 화초가 아니었다.

"전 괜찮습니다. 편한 대로 하십시오."

바율에겐 상대가 어떤 말투로 자신을 대하는지보다 진실을 듣는 게 더 중요했다. 그가 그답지 않게 빈정거렸던 까닭도 그래야만 델러바인 백작이 입을 열 것 같았기 때문이었다.

"편한 대로라……"

바율의 말을 곱씹던 백작이 돌연 냉랭한 표정을 지었다.

"그런 삶을 살아 본 게 언제인지 모르겠군."

"…무슨 뜻으로 하시는 말씀입니까?"

"야도, 그자와 어떤 거래를 하였는지 물었는가?"

델러바인 백작은 바율을 응시한 채 나직이 털어놓았다.

"아무것도. 그자는 그저 원하는 것을 말하고, 난 그걸 들어줄 뿐이지. 우린 애초에 거래라는 게 성립되지가 않아."

"지금…… 아리아나의 영주님께서 한낱 영지민의 명에 움직이고 있다고 말씀하시는 겁니까?"

"믿기 어려운가?"

되묻는 백작에게선 짙은 피로감이 느껴졌다.

"아버지! 설마 야도란 놈에게서 협박당하고 계신 거예요?"

칼라는 놀란 나머지 헛바람을 들이마셨다.

그녀는 어제 하루 동안 아리아나의 곳곳을 쏘다녔다. 그리고 그제야 자신이 얼마나 무지했는지 바로 알게 되었다.

영지민들은 일견 평화로운 삶을 살아가는 듯해 보였으나, 자세히 들여다보면 그것은 그녀의 엄청난 착각이었다.

셀을 통해 납치된 여성들은 놀랍게도 쾌락의 신전에서 남성들의 노리개가 되어 있었고, 잡혀 온 남자들은 노예처럼 부려졌다.

아리아나에 터를 잡고 살기 시작한 범죄자 중에선 가족을 만든 이들도 제법 많았다. 개중 선량한 영지민이 된 자들도 더러 있었지만, 분명한 건 여기선 착하게만 살면 안 되었다.

결국 가족을 보호하기 위해서 가장들은 또다시 범죄에 발을 들였고, 아이들은 그러한 악순환을 보며 자라났다.

그녀가 사랑해 마지않는 고향은 말 그대로 야만의 도시, 무뢰배의 땅이었다. 그걸 여태껏 전혀 모르고 있었다는 사실에 칼라는 심한 정신적 충격을 받았다. 만월 기사단에서 받은 강도 높은 훈련이 아니었다면 아마 견딜 수 없었으리라.

"그는 협박 같은 건 하지 않는단다."

"그럼요? 오로지 광산의 수입 때문인가요? 그래서 야도란 자도, 수많은 범죄자도 전부 눈감아 주고 계신 거예요? 그 망할 돈 때문에?"

칼라는 자신을 실망에 빠뜨린 아버지를 향해 비난을 퍼

부었다.

"수입. 당연히 중요하다. 윗대로부터 우리 가문을 지탱해 온 원동력이니. 하지만…… 이제는 모르겠구나. 그가 나타나면서 모든 게 달라져 버렸다."

델러바인 백작의 두 눈에 찰나지만 순간 두려움이 생겼다 사라졌다.

"혹시, 야도란 자가 백작님에게도 정중히 부탁을 하던가요?"

잠자코 앉아 듣고만 있던 맥이 갑작스레 질문하자 백작의 몸이 눈에 띄게 경직되었다. 그는 마치 그걸 어떻게 알았냐는 듯 맥 보좌관을 쳐다보았다.

"오기 전에 조사를 좀 해 봤습니다. 살인의 방식이 무척 기이해서 말이죠."

"세뇌입니까? 마법사는 아니라고 들었습니다."

이언이 맥의 말에 궁금증을 보탰다.

"…모르네."

"……?"

"그게 세뇌인 건지, 아닌 건지 말일세. 분명 안 그래야지 하면서도, 문득 정신을 차리고 보면 그의 부탁대로 움직이고 있는 날 발견할 뿐이야."

처음 그러한 현상을 자각했을 때 델러바인 백작은 소스

라치게 놀랐다. 영주로서 놈에게 놀아났다는 사실에 부끄러움마저 들었다. 해서 야도를 처벌하려 했지만, 번번이 실패했고, 결국 지금은 이 꼴이 되었다.

"다들 알고 있겠지. 아리아나엔 여러 갱단이 있고, 잦은 다툼으로 종종 집권 세력이 바뀐다는 거. 그들에겐 광산 업무에 대한 관리권이 주어지지."

이미 선대에서부터 내려오던 방식이었기에 백작 또한 자연스럽게 그대로 유지해 왔다. 폭동에 대비하기 위해 기사와 병사들을 철저하게 길러 내고 있었지만, 야도가 아리아나를 장악하고 난 후로는 폭동은커녕 자잘한 다툼조차 사라졌다.

그의 능력은 실로 어마어마했고, 백작은 대단한 놈이 나타났음을 인정해야만 했다.

"처음엔 놈도 별다를 것이 없었네. 그러다 어느 날, 내게 무리한 요구를 하더군. 갱단에서 가져가는 수입뿐 아니라, 자신의 몫을 따로 챙기겠다는 무례한 청이 그 시작이었지."

"백작님께선 그걸 들어주셨고요."

"…그렇네. 내게 무슨 짓을 한 건지, 안 된다는 말조차도 하지 못했어. 이후로는 매번 그 짓을 반복할 뿐이고."

델러바인 백작도 노력하지 않은 것은 아니었다. 마법사

를 본인의 옆에 세워 보기도 했고, 무장한 기사들로 자신을 보호하게 하기도 했다. 되도록 만남을 피해 보려고도 했었다.

하지만 늘 결과는 야도의 승리였다. 그는 백작의 사람들까지 제 편으로 만드는 데 탁월한 재능이 있었다.

"무슨 수를 쓰지 않으면 난 곧 파산하고 말 걸세. 황실에 내는 세금과 야도가 뜯어 가는 금액을 감당하고 나면 남는 게 없거든."

그래서 자연재해를 해결하는 일이 더욱 시급하기도 했다.

술기운 때문이었을까.

말하기를 주저하던 초반과 달리 백작은 모든 것을 솔직하게 고백했다. 딸이 함께 있다는 사실도 잊어버린 듯했다.

"하나만 여쭤보겠습니다."

바율의 음성에 그가 고개를 들어 눈을 맞췄다.

"이곳에 오다가 들른 마을이 있었는데, 거기엔 여인들이 한 명도 없었습니다. 조사해 본바 전부 아리아나로 납치되거나 팔려 왔다고 하더군요. 그에 관해 알고 계셨습니까?"

"여기로 말인가?"

백작의 놀란 얼굴로 보건대 정녕 금시초문인 모양이었다. 딱히 연기를 하는 것 같지는 않았다.

"하! 이젠 하다 하다 그런 짓까지 벌이다니!"

선대가 그러했듯, 현 델러바인 백작 역시 광산 업무에 차질만 없다면 갱단의 행태를 어느 정도 눈감아 주고 있었다. 그러나 그건 어디까지나 아리아나를 벗어나지 않는다는 전제하에서였다.

"정말로 모르셨어요?"

"…아비를 믿지 못하는 것이냐?"

딸의 의심 서린 물음에 백작은 허탈함을 감추지 못했다. 그러나 칼라의 눈빛은 여전히 차가웠다.

"아버지께선 이미 저를 속이셨습니다."

"나는 그저 네가 더러운 현실 같은 건 모르고 살길 바랐다. 굳이 알아서 좋을 건 없으니까. 그뿐이었어."

"아버지께서 제가 세상 물정 모르는, 철없고 멍청한 여인이 되길 바라셨는지는 미처 몰랐군요."

"칼라!"

"이번 일이 끝나고 나면 전 만월 기사단으로 복귀할 겁니다. 그리고 더는 아리아나를 찾지 않을 거예요."

딸의 날벼락과도 같은 선언에 백작은 순간 아연해서 눈만 슴벅거렸다.

"지금 그 말은 설마 나와…… 의절을 하겠다는 것이냐?"

"앞으로는 만월 기사단원으로서만 살아가겠다는 뜻입니다."

칼라는 이미 정의와 진실을 지키는 기사로서 목숨을 바치기로 맹세하였다. 가족을 등져야 한다는 사실이 그녀 역시 가슴 아프지만, 아버지의 잘못으로 인해 남은 생을 후회만 남기고 살 수는 없었다.

"어머니가 돌아가시고 아버지께서 절 어떻게 키우셨는지 잘 압니다. 하지만 그건 옳지 못한 방법이셨어요. 절 진정 위하셨다면 그러지 마셔야 했습니다. 저도 델러바인의 피를 이은 사람이니, 그들의 실태에 대해 응당 아는 게 맞았다고요."

냉정한 딸의 말에 델러바인 백작은 아무 대꾸도 하지 못했다. 파리한 안색의 그는 마치 숨 쉬는 방법조차 잊은 사람 같았다.

"부녀 사이에 끼어들고 싶지는 않습니다만, 저는 금번 사태를 결코 그냥 지나칠 수 없습니다. 더 많은 피해자가 발생하기 전에 야도란 자를 멈추게 해야 합니다. 그러려면 아리아나에서 시행하는 면책권을 없애야만 하고요."

"면책권은 오래전 황실에서 부여한 것이네. 그걸 없애면 아리아나란 도시 자체가 사라질 걸세!"

우습지만 면책권은 아리아나의 근간이라고도 할 수 있는

제도였다. 황폐한 땅에 많은 사람을 끌어모았던 건 전부 그 덕이었으니.

"폐하께서도 절대 허락하지 않을 것이야!"

"제가 납득시키겠습니다."

"하아, 정말 아무것도 모르는군. 이 도시가 망하면 황실의 재정이 흔들린다는 뜻이네. 폐하의 진노를 피할 수 있을 것 같은가?"

"감당도 제 몫이겠지요. 그건 백작님께서 걱정하실 문제가 아닙니다."

델러바인 백작은 기가 찬다는 듯 바율을 바라보았다.

이제 고작 열일곱 살 소년이었다. 제국의 유일한 정령사라고는 하나, 아직은 덜 자란 애송이였다.

본인이 방금 얼마나 무시무시한 발언을 했는지도 모를 게 분명하다.

제 아비를 믿고 이러는 것이라면 명백한 과오였다.

"진심으로 충고하겠네. 이 이상은 나서지 말게."

"제가 지금 백작님께 허락을 구하는 것으로 보이십니까?"

"…뭐?"

"전 기회를 드리는 중입니다. 면책권을 포기하고 절 따르십시오. 그러면 야도란 자의 횡포도, 아리아나가 망하는 것도 막아 드리죠."

"그걸…… 자네가 무슨 수로 해결하겠다는 건가? 그건 불가능한 일이야."

"글쎄요. 해 보지도 않고 그리 속단하시는 건 너무 바보 같은 일 아닙니까?"

"란데르트 백작! 그대는 야도를 몰라서 그렇게 말할 수 있는 거네. 그자는 마음먹은 건 끝끝내 이루어 내는 자라고!"

마법은 아니지만, 어떤 사이한 방법을 쓰는 건지 사람을 자기 입맛에 맞게 조종할 줄 아는 놈이었다. 그 특출한 능력으로 어느 순간 혜성같이 나타나 아리아나를 좀먹는 사내. 지금은 이곳에 터전을 닦고 있지만, 어쩌면 근 시일 내로 타 지역까지 손을 뻗고도 남았다.

"그만 처리하면 제 뜻을 따르겠다는 말씀으로 들어도 되겠습니까?"

"……!"

"다시 말씀드리지요. 전 지금 백작님께 기회를 드리는 겁니다. 자, 이제 선택하십시오. 아리아나의 영주로 남으시겠습니까, 아니면 야도란 자의 뜻대로 움직이는 체스판의 말이 되시겠습니까?"

"…정녕 자네가 그리할 수 있단 말인가?"

델러바인 백작의 눈빛이 흔들렸다. 그건 불가능한 일이라고 누차 본인 입으로 말했지만, 기실 야도를 몰아내고 아리아나의 평화를 되찾을 수만 있다면 그는 뭐든 할 각오가 되었다.

놈의 무리한 요구 때문에 그의 영지는 이미 파산 직전이었다. 제국에서 손꼽히는 부호 가문이란 명성도 빛이 바랜 지 오래였다.

이대로 간다면 몇 년, 아니, 어쩌면 당장 올해 안에 무너질지도 모른다.

어차피 장래가 어둡다면, 극복하기 위해 뭐라도 해 보는 게 낫지 않을까? 설사 가능성이 거의 없는 일이라고 해도 말이다.

"절 따르신다면, 이 아리아나를 자급자족이 가능한 땅으로 만들어 드리겠습니다."

"지금…… 자급자족이라고 하였나?"

백작은 순간 자신의 귀가 잘못된 것은 아닌지 의심해야만 했다.

아리아나가 어떤 땅인가. 질 좋은 천연산 광물이 양을 가늠할 수 없을 정도로 풍부하게 매장된 곳이었다. 그것은 지난날 델러바인 백작가에게 막대한 부를 가져왔다.

하지만 그뿐이었다.

척박하고 험준한 땅은 농작물을 키우기엔 적합하지 않았고, 먹을 것이 없으니 인간도 가축도 살아가기 힘들었다.

타지에서 먹거리를 수입하려 해도 그와 교환할 광물이 필요했고, 그러자니 결국 또다시 인력난의 위기가 기다리고 있었다.

그래서 영지민 유치를 위해 생각해 낸 것이 면책권이며, 그 선택으로 인해 오늘과 같은 상황에 직면했다.

"인간이 인간답게 살아가기 위해선 기본적으로 의식주, 이 세 가지가 충족되어야 합니다. 이걸 자체적으로 해결할 수만 있다면, 많은 이들이 절로 아리아나를 찾을 것입니다."

"맞습니다. 광산업은 고된 노동이지만, 그만큼 고수익이 보장되는 직업이니까요."

바율에 이어 맥 보좌관이 설명을 이어 나갔다.

"그러려면 반드시 영지를 안정화하셔야 합니다. 범죄자들의 소굴이란 악명에서 벗어나지 못하면, 아무리 자급자족이 가능한 도시가 되더라도 평범한 사람들은 오지 않을 겁니다."

"또 그놈의 면책권이 문제로구먼."

그것으로 부와 명예를 얻었는데, 이제는 그게 발목을 잡고 나락으로 이끄는 모순적인 형국이었다.

"애초에 잘못된 선택이었던 게지."

델러바인 백작은 자조적으로 내뱉었다. 그가 태어나지도 않았던 시절에 선대가 결정한 일이었고, 그는 가문의 장남으로서 자연스럽게 그 뜻을 이어받았다.

하지만 중간중간 회의감이 그를 엄습할 때가 있었다. 영주로서 영지를 다른 지역과 같이 정상적인 방법으로 이끌고 싶은 마음이 때때로 들었지만, 그에겐 그럴 역량이 부족했다.

아리아나의 상태는 이미 너무 고착화되었고, 그가 아닌 갱단이 중심이 되어 돌아가고 있었다.

아마도 그래서 칼라에게 알리지 않고 더욱 숨기고자 했던 것이리라. 그런 사정 한편에는 자신의 고지식한 딸이 상처 입고 괴로워하는 모습을 보기 싫다는 이기심도 있었다.

"하여 없애자는 것입니다. 물론 그리하면 일시적으로 아리아나가 큰 혼란에 빠지겠지요. 면책권이 사라지는 순간 영지민으로 멀쩡하게 지내던 이들이 갑자기 기존의 범죄자로 돌아가는 꼴이니 폭동은 기본이고, 어쩌면 델러바인 백작님의 목숨까지 위협하는 사태가 일어날지도 모릅니다."

"나 하나 죽는 것은 두렵지 않네."

그저 남겨질 식솔들이 걱정될 뿐이다.

"이곳엔 분명 선한 영지민들도 존재합니다. 그들의 안전은 제가 책임지지요."

"…그대가 말인가?"

"예. 강제로 잡혀 온 이들 또한 마찬가지입니다. 그들 전부 티끌만큼의 생채기도 나지 않도록 하겠습니다."

델러바인 백작은 정면에 앉은 바율을 한참 동안 응시했다.

그의 눈엔 분명 여전히 열일곱 살 먹은 앳된 얼굴의 소년이었다. 하지만 더는 애송이처럼 느껴지지 않았다. 곧은 말씨로 조곤조곤 본인의 뜻을 피력하는 바율에게서 제 아비인 란데르트 공작의 모습이 비쳤다.

오래도록 헥터가의 측근이었던 터라 백작에게 란데르트 공작은 가까이할 수 없는 상당히 먼 존재의 인물이었다.

그런데 그의 아들에게 일생의 가장 중요한 순간에 도움을 요청하게 될 줄이야. 그는 제게 이런 날이 올 거라곤 꿈에도 예측하지 못했다.

"어떠십니까? 저와 손을 잡으시겠습니까?"

"……."

"설마 아직도 절 믿지 못하시는 건가요?"

"아니네! 믿어. 믿고말고!"

여러 감정이 뒤섞이면서 머릿속이 복잡할 뿐, 절대 바율을 믿지 못해서가 아니었다.

"사실 지금도 난 정령에 대해 잘은 모르네. 하지만 수일 동안 고생했던 게 그리 단시간에 해결되는 것을 보니, 놀랍다 못해 허무할 지경이더군."

조금 전 허겁지겁 달려와 모든 갱도가 온전하게 복구되었다는 수하의 보고를 전해 들었을 때, 델러바인 백작은 정령이 자신이 생각했던 이상으로 훨씬 대단한 존재임을 바로 인지했다.

짐작하건대 바율은 그 정령의 힘으로 아리아나를 자급자족이 가능한 도시로 만들어 주겠다는 것이리라.

진정 그렇게만 된다면 백작은 소원을 성취한 거나 다름없었다.

물론 모든 걸 처음부터 다시 시작해야겠지만, 멀리 보았을 때 가문을 위해서도, 나아가 도시를 위해서도 이보다 더 나은 결정은 없었다.

"도시가 완공되면 랑트와 결연을 맺는 것은 어떠하십니까?"

"결연?"

바율의 갑작스러운 제안에 백작의 고개가 기울어졌다.

"랑트 역시 정령들이 만든 도시입니다. 다만 이곳과는 달리 관광 도시로 이름을 날리는 중이지요. 그런 랑트와 인연을 맺은 아리아나가 정령 도시라고 소문이 나면 자연스레 홍보가 될 겁니다. 그러면 이주민도 많이 늘어날 테고, 더는 야만의 도시라 불리지도 않겠지요. 달라졌다는 인식을 심어 주기엔 이보다 더 괜찮은 방법이 없을 겁니다."

"…잘 알지도 못하는 내게 어째서 이런 친절을 베푸는 겐가? 심지어 난 헥터 측의 사람이거늘."

"이런, 오해하신 모양이네요."

바율은 부드러운 미소와는 별개로 분명하게 못을 박았다.

"델러바인 백작님을 위해서가 아닙니다. 그렇다고 칼라경 때문도 아니고요."

"……?"

"저는 단지 면책권이란 이상한 제도 때문에 피해를 받는 이들이 더는 생겨나지 않기를 바랄 뿐입니다. 죄를 지었으면 그에 합당한 처벌을 받는 것이 당연하지 않습니까?"

델러바인 백작도 그리 생각했다. 하지만 그 면책권으로 오늘날까지 이득을 보며 살아온 것이 바로 그의 가문이었다. 양심의 가책과 수치심을 동시에 느꼈다.

"잘못된 체재로 인해 고생하는 건 언제나 힘없는 사람들이지요. 누구도 억울해하지 않는 세상. 귀족으로 태어났으면 마땅히 그것을 위해 노력해야 한다고 배웠습니다."

"…공작 전하께서 하신 말씀이겠군."

퍽이나 그다운 언사였기에 델러바인 백작은 웃음이 새어
나왔다. 정치적 입장이 달라 반대편에 서 있었으나, 공작은
여러 면에서 존경하지 않을 수 없는 사람이었다.

그 아버지에 그 아들이라더니…….

자식 농사 하나는 끝내주게 잘 지으신 것 같습니다, 란데
르트 공작님.

"지금까지의 무례는 잊어 주십시오. 정중히 사과드립니
다, 란데르트 백작님."

델러바인 백작이 다시금 경어를 사용했다. 바율에게 머
리까지 숙이며 사죄하는 그는 마음의 결정을 내린 것 같았
다.

"모든 사태가 마무리되면 란데르트 공작 전하를 찾아뵙
겠습니다. 딸자식을 맡겨 놓고 여태 얼굴 한 번을 비추지
않았으니, 염치가 없어도 너무 없었네요."

"아버지……."

"백작님이 이렇게까지 말씀해 주시니, 나도 달라져 보겠
다. 끝이 어떻게 나든 해 볼 것이다."

델러바인 백작은 긴말하지 않았다. 바율의 말처럼 그에
겐 이번이 절호의 기회였다. 그 기회를 잡아야 망가진 아리
아나를 살릴 수 있었다.

권력을 위해 누군가를 희생시키고, 짓밟는 짓은 더 이상 하고 싶지 않았다. 과거의 제도가 잘못되었음을 알고도 버리지 못한 것은 분명 그의 실책이었다. 만회할 방법이 있다면 무엇이든 할 터이고, 문책을 당한다면 그 역시 치를 각오가 되어 있었다.

"마음을 다지신 것 같으니, 그럼 묻겠습니다. 야도, 그자는 어디로 가야 만날 수 있는 겁니까?"

2.

"헐! 여기가 갱단의 본부였단 말이야?"

"그 미친 살인자 새끼가 신관이라고?"

"사제가 그래도 되는 거냐? 두목이라면서!"

"황당해도 너무 황당하군."

"역시 인간들은 구제 불능이야. 도무지 이해가 안 간다니까. 아, 바율은 빼고."

쾌락의 신전을 눈앞에 두고 빈정거리던 퀸이 재빠르게 정정했다. 그러자 따가운 네 개의 시선이 곧바로 그에게 쏘아졌다.

"야, 퀸. 그럼 우린 뭐냐? 왜 바율만 빼는 건데?"

"네가 바율을 특별히 여긴다는 건 잘 알겠는데, 지금 발언은 좀 그렇다? 여기 있는 우리는 뭐 인간도 아니냐?"

"차별도 좀 때와 장소를 가려 가면서 해 주지 않겠니?"

"세상엔 좋은 인간이 훨씬 많다는 것도 좀 알아주면 좋겠구나. 모르는 사람은 인어국엔 죄다 착한 인어만 있는 줄 알겠어! 왕자라는 자식이 저렇게 까칠한데, 안 봐도 훤하지."

그간 받았던 차별의 설움이 한꺼번에 터지기라도 한 양 친구들의 원성이 쏟아졌다. 물론 그럼에도 퀸은 사과는커녕 들리지도 않는다는 듯 먼 하늘만 올려다볼 뿐이었다.

"아하하, 얘들아. 우리가 지금 이런 걸로 다툴 때가 아니거든. 그러니까 진정하고……."

"바율, 너 지금 퀸 편드냐?"

"…어?"

"너 혼자만 인간 취급받아서 괜찮은 모양인데, 우린 아니거든?"

허리에 손을 얹고 안 그래도 큰 눈을 더욱 크게 만들며 일라이가 바율을 몰아세웠다. 잠시 그에 동조하던 친구들은 어느 순간 그런 녀석을 보며 인상을 찌푸렸다.

"근데 넌 뭘 그렇게 열을 내냐?"

"라이, 넌 인간도 아니잖아."

"설정에 너무 충실한 거 아니니? 또 깜빡 속을 뻔했네."

"왜 갑자기 화살이 나한테 오는 건데? 내가 비록 인간은 아니지만, 어쨌든 우리 넷 다 퀸 저 자식에게 같은 취급을 받은 것은 맞잖아. 아니냐?"

"…그건 그렇지."

"그럼 누구 잘못이야. 나야, 퀸이야?"

"퀸이지."

"그래. 너희는 역시 합리적이고 이성적이야."

일라이의 논리 정연함에 아이들의 눈총은 다시금 퀸에게로 향했다. 이번에는 꼭 사과를 받고 말겠다는 의지가 느껴졌다.

"안녕하십니까. 또 뵙는군요!"

별안간 제삼자의 목소리가 끼어든 것은 그때였다. 어제 오후, 신전을 지나던 일행에게 말을 걸었던 그 사제였다.

"어떻게, 오늘은 안으로 드시겠습니까?"

어제도 느꼈지만, 사제는 마치 손님을 유치하기 위해 호객 행위라도 하는 듯했다. 보통 신전의 정문은 성기사나 신전에서 임명한 병사들이 보초를 서는 법인데, 이곳은 사제가 직접 나와 있다는 점도 의아했다.

포교 활동의 일환이라고 보기엔 영 수상하기 짝이 없다.

"네. 안내를 부탁드려도 되겠습니까?"

그러나 어차피 바율의 목표는 야도였고, 그자는 이곳에 있다고 했다. 바율이 고개를 끄덕이며 대꾸하자, 사제가 환하게 웃으며 바로 앞장섰다.

"퀸, 너 끝나고 보자."

친구들은 저마다 퀸을 한차례 노려보고는 황급히 바율을 따라나섰다.

Chapter 3.
허무한 최후

1.

일행을 신전으로 이끈 사제는 자신의 이름을 그라오라고 소개했다. 올해 초에 사제직에 임명되었다는 그는 쾌락의 신전이 아리아나에 건립된 이래로 지금까지 얼마만큼의 발전을 이루었는지에 대해 아주 자랑스럽게 떠들었다.

이틀 뒤에는 신전의 최대 행사인 부흥회가 열릴 예정이라며 참석을 권하기도 했다. 아리아나의 시민 대부분이 모이는 제일 큰 축제이니만큼 꼭 왔으면 좋겠다고 몇 번이나 강조했다.

"저희 신전은 고된 노동에 지친 광부들에게 잠시나마 위로와 휴식을 주는 공간입니다. 많은 분이 하루를 무사히 마친 것에 감사해하며 기도를 드리기 위해 매일 저녁 신전을 찾아오시지요."

사제의 말처럼 조용한 성전 안에는 두 손을 모으고 기도하는 이들이 상당수 보였다.

"그렇군요."

전혀 궁금하지 않았지만, 바율과 친구들은 예의상 간간이 고개를 끄덕이며 열심히 듣는 척했다. 이언과 칼라, 맥과 가르디엥 역시 착실하게 사제의 뒤를 따르며 신전을 구경했다.

마황과 데스는 멀찍이 떨어져 있기는 했으나, 바율의 시야에서 사라지지는 않았다.

쾌락의 신전 내부는 선정적인 느낌의 밖과 달리 자못 엄숙한 분위기를 풍겼다. 한낮임에도 조도가 낮아 어두운 편이었고, 벽에 난 창문의 모양은 매우 정교하면서도 기하학적인 형태를 띠고 있었다.

중앙의 교단 양측에는 쾌락의 신 남매의 동상이 자리했는데, 어울리지 않게 딱딱한 미소를 짓고 있었다.

"근데 이건 무슨 냄새입니까?"

신전 안에는 곳곳에 향초가 켜져 있었다. 처음엔 산뜻하게 느껴졌거늘, 계속 맡자 어쩐지 거북하고 불편했다.

"아, 이 향은 기도를 올리는 신도님들의 집중력을 높여 주는 역할을 합니다. 경건한 마음을 갖게 하는 데 도움을 주지요."

"단지 그 이유 때문에 이런 꿉꿉한 날씨에도 창을 열지 않은 것입니까?"

오래도록 환기를 시키지 않았는지 신전 안으로 깊이 들어갈수록 냄새는 더욱 강해졌다. 비위가 약한 사람은 속이 메스꺼울 수도 있을 것 같았다.

"기분은 좀 어떠십니까? 확실히 조금 전보다 더 나아지지 않으셨습니까?"

그라오 사제는 대답 대신 예의 화사한 미소를 지으며 물었다. 한데 그 음성이 어쩐지 꽤 단정적이었다. 마치 이쯤이면 그럴 때가 되었을 텐데, 하는 느낌이었다.

냄새가 거슬린다는 것 말고는 딱히 달라진 점이 없기에 바율이 고개를 젓는데, 갑자기 맥 보좌관이 입을 틀어막으며 자리에 주저앉았다.

"우욱!"

그는 심한 욕지기가 치미는 듯, 땀까지 뻘뻘 흘려 가며 연신 웩웩거렸다. 다행스럽게도 실제로 쏟아 낸 것은 없었다.

"괜찮으십니까? 이럴 리가 없는데……."

당황한 그라오 사제가 얼른 몸을 숙이곤 맥 보좌관의 등을 두들겼다. 실제로 그는 사제로 부임한 후 이 같은 반응을 처음 접하는 거라 어찌해야 할지 아는 바가 없었다.

"사제님께서 환자를 처음 보는 것은 아니실 테고, 치료실이 어디입니까? 눕히는 게 좋을 듯해서요."

"치, 치료실이요?"

"네. 왜 그렇게 놀라시죠? 설마 이 큰 신전에 치료실이 없는 겁니까?"

그라오 사제는 눈에 띄게 허둥거리며 답을 하지 못했다. 조금 전까지만 해도 쾌락의 신전이 얼마나 대단한가에 대해 칭송해 마지않던 그가, 그새 입을 꾹 닫았다.

"그보다, 이럴 리가 없을 거라는 건 무슨 뜻입니까?"

"…예?"

혼잣말로 작게 중얼거린 소리를 들었나. 그라오 사제의 얼굴에 낭패의 기색이 스쳤다.

"흡사 다른 반응을 기대하신 듯하여 묻는 말입니다."

바율의 기세가 바뀌었다. 순진함을 가장하고 있던 표정이 순식간에 모습을 감추었고, 대신 서늘한 목소리가 그를 향해 날아가 박혔다.

"저, 저는…… 란데르트 백작님께서 무슨 말씀을 하시는 건지 잘 모르겠습니다. 이분께서 원래 지병이 있거나 하신 것은 아닙니까?"

"제가 누군지도 정확하게 알고 계시는군요. 저는 저에 대해 말씀드린 적이 없는데 말이죠."

"……!"

그라오 사제는 자신이 다시 한번 실수했음을 깨닫고 몸을 흠칫 떨었다. 눈동자가 갈피를 못 잡고 흔들리는 게, 심히 당황한 모양이었다.

"당연히 우리가 올 줄 알았겠지."

"어제 봤던 그 마법사들이 보고를 안 했겠냐?"

"맞아. 바율이 곧 찾아갈 거라는 말을 전하라고도 했잖아."

"몰라보면 그게 바보지."

"맥 보좌관님, 괜찮으세요? 일어나실 수 있겠습니까?"

친구들은 각기 한마디씩 내뱉고는 맥의 안위를 살폈다. 그는 안색이 창백하긴 했으나, 서서히 안정을 찾아가고 있었다.

"아무리 사무관이라지만 몸이 너무 약골이군."

데스는 주저앉은 맥을 내려다보며 끌끌 혀를 찼다. 그나마 맥의 호흡이 가빠지는 걸 발견하고 조치를 취해서 이만한 거지, 조금만 더 늦었으면 아마 못 볼 꼴을 보게 되었을 것이다.

"맥 보좌관님은 평범한 인간이시잖아요. 그를 우리와 동일시하는 건 보좌관님이 억울하실 겁니다."

"그래요. 서류 더미와 싸우시는 분께 실례되는 말씀이세요."

"…다. 당신들은 그럼 인간이 아니란 말이오?"

에이단과 라나사의 말을 오해한 듯 그라오 사제가 더듬거리며 뒤로 물러났다. 그런 얘기는 전달받지 못했기 때문이다. 인어족인 퀸 말고는 외형상 특이한 이가 없었기에 더더욱 놀랐다.

"저는 인간 맞는데요? 딱 봐도 그냥 인간이잖아요."

대체 자신이 어디를 봐서 인간이 아닌 것 같으냐며 에이단은 따지기라도 할 태세였다.

"얘는 보시다시피 인어족이라고 하죠."

그 틈을 타 일라이가 손가락으로 퀸을 가리키며 방긋 웃었다. 그것이 마치 친구들에겐 자신은 인간이라고 말하는 걸로 보였다.

"그, 그런데 어떻게……?"

그라오 사제는 끝까지 말을 다 잇지 못했지만, 그가 무슨 말을 하고 싶은 건지는 모두가 충분히 알아들었다.

"어째서 쓰러지지 않고 이렇게 멀쩡한지가 궁금하신 겁니까?"

"이따위 싸구려 미혼향에 우리가 당할 거라고 생각했다

니, 야도란 자도 별 볼 일 없는 놈인 게 분명해."

아까부터 신전의 내부를 꽉 채우고 있는 정체 모를 향초의 냄새. 그건 인간의 심신을 약화하는 효능을 가진 향이었다. 그렇기에 더운 날씨에도 불구하고 신전의 창과 문을 꼭꼭 걸어 잠가 둔 것이다. 바율 일행이 오면 사로잡기 위해서.

하지만 그들이 간과한 게 있었으니, 매일 서류와 씨름하는 맥 보좌관을 제외하면 애초에 그런 향에 취할 만큼 약한이가 무리에 없다는 점이었다.

마황과 데스는 말할 것도 없거니와, 바율은 전대 정령왕들의 기운을 품은 존재다. 일라이는 무려 드래곤이며, 퀸은 태고의 신물인 대양의 눈을 지니고 있었다.

이언과 칼라는 고도의 정신력 훈련을 받은 만월 기사단원이었고, 가르디엥은 엘프족의 최고 명예라 할 수 있는 정화의 숲 지킴이었다.

에이단과 로건, 라나사.

상대적으로 약한 쪽에 속하는 셋이지만, 이들 역시 기사학부의 에이스들이었다. 근래 들어 실력이 더욱 향상된 그들은 나이만 어릴 뿐이지, 각자 가진 바 능력은 이미 서너명의 정식 기사를 상대하고도 남았다.

한마디로 괴물들만 모아 놨다고 해도 과언이 아니었다.

"그래도 이 냄새는 더 참을 수가 없네요."

바율의 말이 끝남과 동시였다.

쾅! 쾅! 쾅!

굳게 잠겨 있던 신전의 모든 문과 창들이 벌컥 열렸다. 그리고 강풍이 실내를 크게 한 바퀴 휘저었다. 집기들이 달그락거리는 소리와 함께 모든 향초가 일시에 전부 꺼졌다.

신도들이 단체로 벌떡 일어나 그라오 사제 쪽으로 몰려들었다. 기도에 열중하던 모습들은 진즉에 사라진 지 오래였다. 미혼향에 전혀 영향을 받지 않은 것으로 보아 미리 해독약을 복용하였거나, 다른 어떤 수를 쓴 게 분명했다.

"역시 죄다 한패인 줄 알았다니까."

"남자들만 있는 것도 수상했어."

"하나같이 아주 밥맛없게 생겼군."

밥맛을 거론하다니. 마황이 할 수 있는 최대의 욕이었다.

"이제 그만 야도란 자를 불러와 주시겠습니까?"

바율은 점잖게, 그러나 단호한 말투로 그라오 사제에게 요구했다. 그러자 반듯하고 인자하던 그의 얼굴이 묘하게 비틀리며 좀 전과는 완전히 다른 사람처럼 변했다.

"야도 님은 아무나 함부로 만날 수 있으신 분이 아니다! 네가 자연을 제어하는 정령사라 한들 감히 그분께 통할 것 같으냐!"

"…그렇습니까?"

알 수 없는 사이한 방법으로 인간을 조종한다고 하더니, 눈앞의 사내들에게선 정녕 야도를 향한 절대적인 믿음 같은 것이 보였다.

그들은 설령 제 목숨을 잃는 한이 있더라도 물러나지 않을 태세였다.

"그러면 어쩔 수 없겠군요."

바율은 탐탁지 않았지만 다른 도리가 없었다.

"스스로 나오도록 만드는 수밖에."

화라락!

처음 시작은 그저 작은 불씨였다. 하지만 불길은 이내 바닥과 벽을 타고 치솟았고, 한순간에 신전 전체를 집어삼켰다.

"으아아아!"

바율이 불을 지를 거라고는 조금도 예상하지 못한 듯, 사내들이 비명을 지르며 신전 밖을 향해 달려 나갔다.

쾅! 쾅!

그러나 그들의 발길이 채 닿기도 전, 열려 있던 문과 창문들이 속속 닫혔다. 화마는 더욱 거세졌고, 검은 연기 탓에 숨이 막혔다. 눈물과 콧물이 쉴 새 없이 흘렀다.

물론 그 와중에도 바율 일행은 일말의 피해도 입지 않았다.

사내들에겐 그 자체로 공포였다. 거대한 화염 속에서 약간의 동요조차 없이 자신들을 지켜보고 있는 그들은 악마가 따로 없었다.

천장까지 옮겨붙은 불길로 인해 신전은 이제 거의 무너지기 직전이었다. 안쪽에서 누군가의 기척이 느껴진 것은 그때였다.

바율은 즉시 불길을 거두고, 일대에 비를 내렸다.

쏴아아. 시원한 빗줄기가 하늘에서 퍼붓자 구멍 난 천장과 벽을 통해 신전 안으로 물이 새어 들어왔다. 그러자 사내들이 안도의 숨을 몰아쉬며 물구덩이를 찾아 맹렬하게 기었다.

"크아악!"

"커흑!"

화상을 피하지 못한 몇몇이 괴로움에 몸부림치며 울부짖었다.

터벅터벅.

그리고 마침내 고통에 찬 수하들 사이로 사내 한 명이 걸어 나왔다.

한 서른이나 되었을까.

그는 꽤 잘생긴 축에 속하는 미남자였다. 아리아나와는 어울리지 않는 창백한 피부에, 살짝 올라간 눈매, 입술은 피처럼 붉었고, 길고 까만 머리칼이 허리춤에서 찰랑이고 있었다.

그가 한 걸음 내디딜 때마다 양쪽 귀에 착용한 붉은색 귀걸이가 유난히 반짝거렸다.

부탁만으로도 사람을 스스로 죽게 만든다는 정중한 살인마.

그로 인한 자신감일까?

이런 상황 속에서도 그의 검은 눈동자에 담긴 건 분명한 여유였다.

바율은 한참 동안 말없이 사내를 지켜보았다. 마음먹은 대로 사람을 조종할 수 있다는 그가 자신에게 건넬 첫마디가 무엇일지 궁금했다.

한데 무슨 까닭인지 상대 역시 바율을 뚫어지게 쳐다만 볼뿐, 아무 말이 없었다.

나랑 눈싸움이라도 하자는 건가?

바율이 그런 객쩍은 생각을 하는데, 돌연 사내의 양쪽 귀에서 은은한 빛이 새어 나왔다. 안 그래도 눈에 띄던 귀걸이였기에 모두의 시선이 자연스레 그리로 쏠렸다.

그리고 그때, 마침내 사내의 입술이 벌어졌다.

"저는 쾌락의 신을 모시는 사제, 야도라고 합니다. 위명이 자자하신 란데르트 백작님을 뵙게 되어 매우 영광입니다."

야도란 자의 말투는 소문대로 굉장히 정중했다. 발성이며 음조 등 어디 하나 흠잡을 데 없이 완벽하다 싶을 만큼 귀에 쏙 와 닿았다. 고작 인사 한마디 건넸을 뿐이거늘 그에 대한 호감도가 대번에 상승했다.

"그라오 사제님과 신도분들께서 백작님께 무례를 범한 것 같군요. 그 점에 대해서는 제가 대신 깊이 사죄드리겠습니다."

굵은 저음의 음색이 참으로 듣기 좋았다. 이후로 비슷한 느낌의 말들이 좀 더 이어졌는데, 그러는 동안 야도의 눈길은 단 한 번도 바율에게서 떨어지지 않았다.

"그나저나 란데르트 백작님께서 저를 찾으셨다 들었습니다. 혹시 그 연유를 여쭈어도 되겠습니까?"

"…정녕 그걸 몰라서 제게 물어보시는 건가요?"

"물론입니다. 제가 알고 있다면 뭐 하러 백작님을 수고스럽게 만들겠습니까? 전 들을 준비가 되었으니 편히 말씀해 주십시오."

야도의 눈썹이 반달을 그렸다. 그 미소가 어찌나 선하고 온화해 보이는지, 도저히 갱단의 두목이라고는 믿기 어려울 정도였다.

이런 거였나?

역시나 듣던 대로 사람을 홀리는 재주가 있는 듯했다. 시종일관 침착하고 예의 바른 태도로 바율을 대하는 야도의 모습은 확실히 인상 깊었다.

하지만 바율에겐 그뿐이었다.

이제까지는 남다른 말재간으로 목표한 바를 이루었겠지만, 바율에겐 그의 검은 속내가 뻔히 다 보였다.

야도가 입을 열 때마다 그의 귀걸이에서 기이한 기운이 느껴졌다. 그 무형의 기운은 그가 등장했을 때부터 바율의 머리를 콕콕 찔러 댔다. 마치 침범하고 싶으나 그러지 못하는 모양새라고 해야 할까?

야도가 이 사실을 아는 것 같지는 않았다. 그랬다면 벌써 당황하고도 남았으리라.

일반인들에겐 통했을지 모르나, 전대 정령왕들의 힘을 계승한 바율에게는 티끌만큼의 영향도 끼치지 못했다.

"편히 얘기하라고 하시니 말하지요. 이 아래, 신전의 지하에 말입니다. 제법 많은 여인이 감금되어 있던데…… 사제님께서 사주하신 겁니까?"

"아, 그것 때문에 오신 거였습니까? 네, 그거라면 제가 부탁드린 게 맞습니다. 아무래도 여기 아리아나엔 여인들이 많이 부족해서요."

순순히 인정하는 야도는 놀라는 기색조차 없었다. 오히려 예의 고상한 말투로 뻔뻔스럽게 이유를 늘어놓았다.

"아시다시피 이곳 사내들은 위험하고 강도 높은 노동에 시달리며 살아가고 있습니다. 전부 하나같이 아리아나를 위해 힘쓰는 일꾼들이죠. 그들이 아니었다면 아리아나는 아마 지금처럼 번성한 도시가 될 수 없었을 겁니다."

그는 바율이 호응해 주길 바라는 듯 잠시 멈췄다가 다시 말을 이었다.

"도시 발전에 그 누구보다 큰 기여를 했으니 응당 보상이 필요하지 않겠습니까? 쾌락만큼 즉각적이고 활력이 도는 것은 없지요. 욕망을 충족한 노동자들은 다시 일터로 돌아가 열심히 일을 하게 됩니다. 일종의 선순환이 되는 것이죠."

"…선순환이라고요?"

궤변도 이런 궤변이 없었다. 이걸 말이라고 내뱉는다는 게 바율은 그저 기가 막혔다.

"네. 참고로 여인들 또한 원해서 그곳에 있는 겁니다. 그들 역시 합당한 대가를 받고 일하는 셈이지요. 어떤 강요도 없었다는 점 말씀드리고 싶군요."

거짓말이었다. 바율은 이미 이언을 통해 진실을 알고 있었다. 그들은 모두 약에 취한 것이지, 진정으로 좋아서 하는 게 아니었다.

"이만하면 충분한 설명이 된 듯한데, 이제 저도 백작님께 뭐 하나만 부탁해도 되겠습니까?"

"제게도 부탁하실 게 있습니까?"

혹시 내게도 죽어 달라고 하려는 것인가?

부탁이라고 하니 절로 그쪽으로 생각이 이어졌다. 그리고 그의 뜻대로 하지 않았을 때, 과연 어떤 표정을 지을지도 내심 궁금해졌다.

"이곳은 신성한 신을 모시는 성전입니다. 란데르트 백작님께서 여기를 엉망으로 만드셨으니, 원래대로 복구도 해 주실 수 있으시겠지요?"

단언하건대 야도는 한 치의 의심도 없이 바율이 그렇게 해 줄 거라고 믿고 있었다. 부드러운 말씨로 당당히 요구하는 행태가 실로 뻔뻔하기 그지없었다.

"하하."

바율은 너무 황당한 나머지 뜬금없이 웃음이 비어져 나왔다. 정중한 살인마니 어쩌니 떠들며 하도 추켜세우는 바람에 얼마나 대단한가 싶었는데, 그의 눈에는 그저 한심한 나부랭이에 불과했다.

사특한 힘만 믿고 자신만만하게 나오는 게, 딱 우물 안 개구리 꼴이지 않은가.

제 능력이 당연히 통했을 거라 확신하는 걸 보면, 여태 단 한 번도 예외가 없었던 게 분명하다.

지금까지 얼마나 많은 이들이 놈에게 당했을까.

모르긴 몰라도, 피해자는 남녀노소 할 것 없이 다양했을 것이다.

인간이 자기 의지가 아닌 남의 뜻대로 움직인다는 건 살아도 사는 게 아니다. 그건 노예나 다름없다.

정중한 척 가면을 쓰고, 사람을 물건 취급하며 멋대로 주물러 온 야도란 자를 바율은 절대 용서할 수 없었다.

"복구…… 해야겠지요."

바율의 웃음에 잠시 고개를 갸웃하던 야도가 이내 '그럼, 그렇지' 하며 미소를 지었다.

하지만 다음 순간, 그는 얼굴을 꾸깃 찌푸렸다.

"이 땅에 당신 같은 범죄자들이 다시는 설치지 못하도록, 아주 깨끗하게 말입니다."

"…내 부탁을 듣지 못한 건가?"

예상치 못한 바율의 답변에 야도가 눈을 크게 부릅떴다. 처음 겪는 사태에 꽤 당황했는지 그의 말투는 더 이상 정중하지도, 여유가 서려 있지도 않았다.

"들었으니 복구를 하겠다고 답한 것 아니겠습니까?"

"그, 그렇지? 그래, 그럴 거야."

바율의 대답을 다시금 오해한 듯 야도가 편안히 표정을 풀었다.

이제껏 어떤 상황에서도 통하던 그만의 기술이었다. 이 이름도 알 수 없는 귀걸이를 손에 넣은 후부터 세상은 오로지 자신을 중심으로 돌아갔다.

별 볼 일 없던 인생이 완전히 바뀌면서 그는 아리아나의 달이 되었다. 이대로 서서히 세력을 넓혀 언젠가는 제국 전체를 집어삼키고픈 야망이 그의 가슴을 지피는 중이었다.

물론 그것은 헛된 망상일 뿐이었다.

"이 시간부로 아리아나에 면책권은 없습니다. 이 도시는 새롭게 다시 태어날 거고, 그 과정에서 당신은 물론 범죄에 연루된 자들은 모두 그에 합당한 벌을 받게 될 겁니다."

"그게 무슨……!"

"아, 그 전에 한 가지만 묻지요."

바율은 아까부터 신경 쓰이던 그의 귀걸이를 가리켰다.

"그건 어디서 난 겁니까? 아무래도 여태 그걸로 장난을 쳐 온 모양인데, 평범한 인간인 당신이 그걸 어떻게 손에 넣은 건지 궁금하네요."

"이, 이건 처음부터 내 것이었다!"

야도가 갑자기 경기라도 일으키듯 펄쩍 뛰며 뒤로 물러났다. 여유가 사라진 사내는 어째 보통의 남성보다도 겁이 많아 보였다. 귀걸이를 뺏기기라도 할까 봐 두려워하는 기색이 역력했다.

방금 전까지 기세등등하던 모습은 찾으려야 찾을 수가 없었다.

"뭣들 하는 거지? 당장 안 튀어나와?"

그때 별안간 마황이 허공에 대고 일갈했다. 지금껏 바율이 홀로 상대하도록 뒤로 물러나 있던 그가 버럭 노성을 터뜨리자, 놀랍게도 웬 남녀 한 쌍이 순식간에 일행의 눈앞에 모습을 드러냈다.

"폐, 폐하……!"

"이, 이런 누추한 곳까지 어인 일로 행차하신 것이옵니까!"

거의 벌거벗은 꼴로 황망히 나타난 그들은 크루델리스를 폐하라 칭했다. 그것만으로도 자기들이 누구인지를 증명한 셈이었다.

"설마……."

"쾌락의 신……?"

기겁하는 친구들 사이를 성큼성큼 지나 데스가 바닥에 꿇어 엎드려 있는 남녀에게로 다가가 멈춰 섰다.

"네놈들 짓이냐?"

"…예? 그, 그게 무슨…… 크아악!"

데스가 남녀 중 고개를 처들고 반문한 남자의 손을 한 발로 지그시 밟았다. 별로 힘이 들어간 것 같아 보이지 않았건만, 남자, 데자르는 당장 죽을 것처럼 비명을 내질렀다.

"감히 마계 총사령관인 내 앞에서 시치미를 떼려 해? 살고 싶은 마음이 별로 없는 거지? 그치?"

"끄으윽!"

데스가 발에 힘을 더 가하자 데자르의 밟힌 손에서 검붉은 피가 흘러나왔다. 뼈는 이미 조각조각 부러졌고, 이젠 살가죽마저 짓이겨지고 있었다.

"자, 잘못했습니다! 부디 용서해 주십시오!"

이러다 동생을 잃을까 더럭 겁이 났는지, 디자이어가 몸을 바닥에 더욱 납작 수그리며 눈물로 호소했다.

"내가 여기 들어서자마자 딱 감이 왔지."

"친화력이 아주 끝내주더군."

마황과 데스가 쾌락의 신, 두 남매를 매섭게 내려다보았다.

"데스, 그게 무슨 뜻이에요? 혹시 저 귀걸이가⋯⋯?"

"보면 몰라? 마족이 세력 확장을 위해 직접 나서면 드래곤에게 걸릴 수밖에 없어. 그래서 이 녀석들이 꾀를 낸 거지. 저 인간 놈을 이용하기로."

쾌락은 디자이어와 데자르를 있게 하는 힘의 원천이었다. 야도는 그들에게서 얻은 귀걸이의 힘을 이용해 인간을 조종하고, 여인들을 납치해서 '신전'이라는 이름을 빌려

거대한 사창굴을 만든 것이다.

근래 마계에서 쾌락의 신의 서열이 올라간 이유에는 이러한 배경이 깔려 있었다.

"네놈들이 동상에 숨어 있으면 내가 모를 줄 알았냐?"

"부, 부디 자비를……!"

"뭐, 힘을 얻기 위해 한 짓이니 이해가 아주 안 가는 건 아니야. 근데, 적어도 내가 묻는 말에는 한 번에 답을 해야 하지 않았을까?"

그러니까 현재 데스가 화가 난 까닭은, 쾌락의 신 남매가 자신의 말에 제대로 답변을 하지 않았기 때문이었다.

"어떡할래? 내가 지금 아주 기분이 더럽거든? 저런 하찮은 인간 때문에 내 귀중한 시간을 낭비해 가며 식사도 제대로 못 하고 이딴 곳에 와 있다는 것 자체가 정말 어이가 없을 정도야. 누구부터 죽여 줄까?"

아니, 착각이었다. 데스가 분노하는 일차적인 이유는 역시나 리타의 음식을 먹지 못하게 된 탓이었다.

"저, 저놈을 제가 처리하겠습니다! 그러니 제발 노여움을 풀어 주십시오!"

디자이어는 목숨을 보중하고자 싹싹 빌었다. 대관절 여기에 갑자기 마황과 마계의 총사령관이 왜, 그것도 나란히 나타났는지는 알 수 없지만, 우선은 살고 봐야 했다.

"저놈을 처리한다고? 어떻게?"

"그냥 간단히 처리하는 건 성에 안 찰 텐데……."

두 마족 형제가 바율을 돌아보며 의중을 물었다.

"어때? 이놈들이 맡아서 처리한다고 하는데."

"네 손을 더럽히는 것보다는 그게 낫지 않겠어?"

갑작스러운 전개에 바율은 일순 말문이 막혔다. 야도는 물론, 이 일에 관련된 자 전부를 잡아다 처벌할 생각이었다. 죄 없는 여인들을 납치해서 유린한 만큼, 그 처벌의 수위는 결코 가볍지 않을 것이다.

하지만 어떤 식으로 처결할지는 아직 구체적으로 정한 바가 없었다.

"제게 맡겨 주십시오! 차라리 죽고 싶다고 여겨질 겁니다!"

제 수족 노릇을 하던 야도를 없애는 데 쾌락의 신은 한 치의 망설임도 없었다.

바율의 눈치를 보는 마황과 데스가 이상했지만, 디자이어는 지금이 기회임을 알았다.

"놈들도 똑같이, 아니, 보다 더 비참하게 당할 것입니다!"

야도는 벌벌 몸을 떨며 힘없이 무너져 내렸다. 그는 작금의 상황이 도무지 믿기지가 않았다.

귀걸이의 힘이 통하지 않는 상대를 만난 것도 처음이지만, 지금껏 최선을 다해 모셔 왔던 쾌락의 신이 저를 죽이려 한다는 사실에 기함했다.

대관절 저들이 누구이기에 신이 한순간에 자신을 내치려 한단 말인가.

이미 마계의 황제니, 총사령관이니 하는 말이 나왔음에도 정신적 충격 때문인지 야도는 깊게 생각하지 못했다.

오로지 귀걸이의 능력에만 기대 살아왔던 5년이었다. 아무것도 아니었던 그는 이능을 얻음으로써 강자들이 득실거리는 이곳에서 손쉽게 우두머리가 될 수 있었고, 이후로 남들은 상상조차 하지 못할 엄청난 부와 권세를 누리며 탄탄대로를 꿈꾸었다.

한데 지금, 그 꿈이 눈앞에서 산산조각 나고 있었다.

내가 여기까지 어떻게 올라왔는데!

지난 5년간 이룩해 왔던 것들이 주마등처럼 스쳐 지나갔다.

'이익!'

그러자 오기라도 동했을까. 사시나무 떨듯 제대로 몸을 가누지도 못하고 있던 야도의 두 눈에 서서히 핏발이 서렸다.

억울함과 통한의 설움이 그의 뇌리를 강타하며, 이제까

지와는 전혀 다른 기세를 내뿜었다.

"뭐야?"

갑자기 놈에게서 범상치 않은 힘이 느껴지자 마황과 데스는 물론, 디자이어와 데자르까지 미간을 찌푸린 채 야도를 향해 돌아섰다.

바율과 친구들 역시 불시에 바뀐 그의 변화를 알아차렸다. 예사롭지 않은 귀걸이라 짐작하긴 했지만, 역시나였다. 야도를 쉬이 놓아주기 싫은 모양인지, 귀걸이로부터 사납고 억센 기운이 몰아치기 시작했다.

"다들 뒤로 물러서."

심상치 않음을 감지한 데스가 앞으로 나서며 모두에게 명령했다. 저 망할 귀걸이의 정체가 무엇인지는 몰라도, 자칫하다간 일대 전체가 날아갈 분위기였다. 생명이라고는 하나도 남김없이.

"끄아아악!"

먼저 비명을 터뜨린 건 신전 구석에 기대어 간신히 숨만 붙들고 있던 신도 중 한 명이었다. 그가 화상 입은 손으로 머리를 부여잡고는 괴로움에 절규했다.

눈깔이 뒤집히고, 입에서는 게거품이 부질부질 끓어올랐다. 사지를 부르르 떠는 모습이 정신계 공격에 노출되었을 때와 상태가 흡사했다.

"클클, 내가 빼앗길 것 같아?"

쇠를 긁는 듯한 거북한 음성이 야도에게서 흘러나왔다. 그의 붉어진 눈은 이지를 상실한 듯 초점이 흐렸다.

"전부 죽여 버리겠어!"

그는 꼭 마검에 정신을 잠식당한 사람 같았다.

간혹 세상엔 인간의 힘으로는 감당하기 힘든 무기가 등장하고는 한다. 그러한 물건을 손에 쥔 자가 통제하지 못하고 되레 지배당한다면 아마 지금과 같은 사태가 벌어질 것이다.

"사, 살려 줘!"

"으아악!"

눈과 코, 입, 귀. 구멍 난 얼굴의 모든 부위에서 울컥울컥 피를 뿜어내던 신도들이 이내 목이 꺾이며 절명했다. 너무나 순식간에 일어난 일이라서 미처 방비할 틈도 없었다.

"악!"

"라나사!"

일행 중에서는 라나사가 가장 먼저 고통을 호소하며 털썩 주저앉았다. 이어 에이단과 로건, 그리고 칼라까지 신음을 토하며 바닥으로 쓰러졌다. 다행스럽게도 맥은 데스가 조치한 보호막 덕분에 불상사는 면했다.

"저 귀걸이를 제거해야 해요!"

친구들이 쓰러지는 걸 보자 바율은 심장이 철렁했다. 그는 더는 머뭇거리지 않고 물의 창을 만들어 야도의 가슴팍으로 날렸다.

쇄애액— 펑!

"……!"

그러나 바율의 물의 창은 놈에게 닿기도 전에 허공에서 터져, 근처를 물로 적시는 데 그쳤다. 불과 물, 땅의 힘을 이용해 연속적으로 공격을 퍼부었지만, 결과는 비슷했다. 마치 주위에 강한 방어막이라도 쳐진 것 같았다.

"태고의 신물이군."

그제야 알겠다는 듯 마황이 중얼거리자 바율과 친구들은 약속이라도 한 양 그게 왜 여기에 있는 거냐는 표정이 되었다.

하지만 크루델리스라고 거기까지 아는 건 아니었다. 다만 정령의 힘을 이토록 쉽게 무위로 돌릴 만한 도구는 태고의 신물 말고는 없었다.

"너희들 괜찮아?"

"칼라 경, 괜찮으세요?"

바율이 야도를 공격하는 사이, 일라이가 주변을 강한 실드 마법으로 둘러쌌다. 퀸도 바닥의 물을 이용해 재빨리 물의 장막을 형성했다. 그 때문인지 친구들과 칼라의 안색이 서서히 정상으로 돌아오고 있었다.

"도련님께서도 일단은 제 뒤로 물러나십시오!"

"저도 돕겠습니다!"

바율의 공격이 실패로 돌아가자 이언과 가르디엥이 다급히 그의 앞을 막아섰다.

"디자이어."

"예에! 폐하!"

크루델리스는 여전히 미친놈처럼 소리치는 야도를 바라보며 디자이어에게 물었다.

"망각의 기쁨을 어디서 얻은 거지?"

"…망각의 기쁨이란 게 무엇입니까? 호, 혹시 저 귀걸이가……?"

마황의 서슬 퍼런 눈빛에 디자이어가 황급히 눈을 내리깔며 입술을 사리물었다.

"쯧쯧, 뭔지도 모르고 한낱 인간에게 신물을 맡긴 것이냐?"

"소, 송구하옵니다! 신이 부족하여 자세히 알지 못한 채 그만 실수를 저질렀습니다! 기회만 주신다면 확실하게 마무리 짓도록 하겠습니다!"

주신이 만들었다는 열두 개의 태고의 신물. 개중 망각의 기쁨이라 불리는 물건은 이제껏 어디에서도 발견된 적이 없었다. 그래서 어떻게 생겼는지조차 알려진 바가 없으나, 어떤 힘이 숨겨져 있는지는 알고 있었다.

모든 이들의 기억을 앗아 가 망각의 기쁨에 빠뜨린다는 희대의 신물.

그것의 진짜 능력은 지금과 같은 정신계 쪽이 아니다. 다른 신물과 합쳐졌을 때, 그때 진정한 진가가 드러난다고 들었다.

"이제 보니 이사장이 이래서 같이 보낸 거였군."

아무튼, 늙은 도마뱀이 머리는 잘 굴러간다니까.

라예가르를 떠올린 마황은 입가를 실룩이며 디자이어를 엄히 쏘아보았다.

"당장 저거 치워. 엘라움 꺼내기 전에."

"화, 황공하옵니다!"

크루델리스가 엘라움을 거론하자 디자이어가 몸을 바짝 움츠렸다. 싸한 한기가 벌써부터 전해지는 것 같아 오금이 저렸다.

"망각의 기쁨은 내가 수거하겠다."

"기꺼이 바치겠나이다!"

디자이어와 데자르가 동시에 움직였다.

남매는 인정사정 봐주지 않았다. 무엇보다 본인들의 목숨이 중요했기 때문이다.

마황과 데스에 비하면 잡신이라 할지라도, 무려 마계 서열 34위의 마족이었다. 그들은 나란히 야도의 양측으로 날아가 놈의 귀를 그대로 잡고 뜯어냈다.

"끄하악!"

정령의 힘이 통과하지 못한 것과 달리, 남매의 공격은 제대로 먹혔다. 물리적 접근 방식이 먹힌 것 같기도 했다.

귀가 잘린 야도의 얼굴은 순식간에 흉측하게 변했다. 붉은 피를 철철 흘리며 절규하는 모습은 더 이상 첫 만남의 깔끔한 인상을 떠올릴 수 없게 만들었다.

그러나 그의 형벌은 거기서 끝난 게 아니었다.

디자이어는 즉시 마계와의 통로를 열었다. 그리고 공포와 고통으로 얼룩진 야도를 무참히 안으로 집어던졌다. 통로는 금방 닫혔지만, 잠깐 사이 그 안에서 들려온 건 발정난 마수의 울음소리였다.

차라리 죽고 싶다는 생각이 들게 만들 거라던 약조를, 그녀는 끝내 지켜 내었다. 그것이 저와 동생이 살길이기에.

Chapter 4.
과소비?

1.

야도가 사라지고 난 후로는 모든 게 일사천리로 진행되었다. 신전 지하에 감금되어 있던 여인들과 광산에서 노예로 부려지던 남성 모두가 빠짐없이 구출되었고, 야도의 범죄에 가담했던 이들은 전부 철옥에 투옥되었다.

면책권이 무효화되면서 하루 사이에 다시금 범죄자로 전락한 영지민들은 초반엔 무기까지 휘두르며 반항했지만, 바율의 무시무시한 정령술을 직접 겪고 나서는 입을 꾹 다물었다.

바율은 일부러 그들이 보는 앞에서 아리아나의 땅을 자급자족이 가능한 상태로 만드는 장면을 연출했다. 정령의 위대함을 보이는 동시에, 그들에게도 희망이 있음을 알려 주고 싶어서였다.

풀 한 포기 자라지 않던 돌산을 거두고, 그 자리에 거대한 저수지를 심었다. 그리고 그 주변을 비옥한 농토로 다듬었으며, 밀과 옥수수, 감자와 같은 주식이 되는 씨앗을 골고루 뿌려 수확하게 하였다.

뿐인가.

저수지에서 멀지 않은 곳에 엄청난 넓이의 초원을 만들어 소와 말, 양과 돼지 같은 가축을 키울 수 있는 환경도 조성했다.

목축업은 우유와 생고기를 얻을 수 있을 뿐 아니라, 옷감의 재료가 될 수도 있었다.

이제 시작했으니 당장 얻을 것들은 없겠지만, 한 계절만 지나면 서서히 수확물이 생기리라. 그리고 몇 년 후엔 다른 영지처럼 기본적인 생필품은 생산 가능한 영지로 거듭나게 될 터였다.

거기에 특산품인 광산업까지 잘 운영된다면 아리아나는 지금보다 훨씬 명성 있는 도시가 될 수도 있었다.

"고맙습니다! 참으로 고맙습니다!"

범죄자들을 솎아 낸 덕에 영지민의 수가 대폭 줄어들었지만, 델러바인 백작은 희망을 보았다. 실패한다 해도 후회

하지 않을 거라 혼자 다짐한 게 무색할 만큼, 바율은 약속한 바를 그대로 실천했다.

그는 감사함을 표현하고 있는 지금 이 순간도 꼭 현실이 아닌 것만 같았다. 바율이 원하기만 한다면 백 번, 천 번 절이라도 할 수 있었다.

"감사 인사는 이미 충분히 받았습니다. 앞으로는 백작님이 하실 일이 더 중요하다는 거, 알고 계시지요?"

"물론입니다! 란데르트 백작님께서 비옥한 땅을 만들어 주신들, 올바르게 관리하지 못하면 무슨 소용이겠습니까! 그 점은 걱정하지 않으셔도 됩니다. 영지의 사활을 걸고 반드시 해내겠습니다!"

델러바인 백작은 의욕에 불타올랐다. 화산과 돌뿐이던 곳에 갑자기 저수지와 농토, 목축지가 한꺼번에 생겼다. 이것은 그에겐 거의 기적이나 다름없었고, 평생을 바율에게 감사해야 할 일이었다.

비록 현재 그 일을 행할 영지민은 턱없이 부족한 실정이나, 남은 인원으로 어떻게든 해내고 말 것이다. 옥에 갇힌 이들 중에서도 형량을 이수하고 회개하는 이들에 한해서 훗날 일터에 복귀시킬 생각이었다.

"외람된 말씀이 될지도 모르겠습니다만, 여유 자금은 있으신 겁니까? 새로운 이주민이 정착하려면 시간이 다소 소요될 테고, 그때까지 버텨 내시려면 상당한 금액이 필요할 텐데요."

"아이고, 그런 염려는 마십시오. 어려워도 해내야지요."

델러바인 백작도 걱정이 되지 않는 것은 아니었다. 하지만 무슨 수를 써서라도 그는 기필코 새롭게 태어난 아리아나를 지켜 낼 작정이었다.

"그래서 드리는 말씀인데…… 지원을 받는 건 어떠십니까?"

"…지원이요?"

"네. 일단 자금을 융통해서 영지를 정상화한 후에 반환하는 방식으로 말입니다."

"설마…… 란데르트 백작님께서 투자하실 생각인 겁니까?"

델러바인 백작은 감격에 벅찼다. 그렇게만 해 준다면 그의 입장에선 그야말로 복이 넝쿨째 굴러 들어오는 격이었다.

그러나 대답은 바율이 아닌 다른 쪽에서 들려왔다.

"제가 하려고요."

"…라나사 양? 하면, 세이모어 백작가에서 정식으로……."

"아니요. 저 혼자, 단독으로 진행할 겁니다."

델러바인 백작의 고개가 절로 기울어졌다. 그는 당최 이게 무슨 소리인가 싶었다.

아직 학생일 뿐인 그녀가 대체 무슨 돈이 있어서 제게 투자를 한단 말인가? 영지 경영에 쓰이는 돈은 한두 푼이 아니었다.

"아직 모르시나 보네요. 제가 외가에서 받아 낸 재산이 꽤, 아니, 아주 많거든요. 이자는 받지 않겠습니다. 대신 조건이 하나 있어요."

"…조건이라면 어떤……?"

이자가 없다는 말에 백작은 무심결에 물었다. 그러자 라나사가 그의 눈을 똑바로 마주 보며 말했다.

"납치되어 몹쓸 일에 동원되었던 여인들을 위해 힘써 주세요. 병자가 있다면 고쳐 주시고, 고향으로 돌아가길 원하는 이들이 있다면 넉넉히 여비를 챙겨 보내 주세요. 이곳에 정착해서 살고 싶어 하는 이들에겐 합당한 혜택을 주셨으면 좋겠습니다. 전 그거면 됩니다."

델러바인 백작은 묘한 눈길로 라나사를 응시했다. 본인이 처한 상황만으로도 골치가 아파 자세히 알지는 못하지만, 그래도 그녀의 성장 배경에 대해선 그도 어느 정도 들은 바가 있었다. 워낙에 제국을 시끄럽게 만들었던 사건이기 때문이다.

백작이 가장 분노했던 부분은 보스트리지 전 남작이 갓 태어난 자신의 친조카를 보육원에 버렸다는 대목이었다.

누구보다 고귀하게 자랐어야 할 아이가 일반 평민보다도 못한 삶을 살았으니 참으로 딱하다는 생각을 잠시 하기도 했었다.

그런데 이제 보니 꼭 그렇지만은 않은 것 같다. 자신을 향한 라나사의 곧은 저 눈빛은 아무나 가질 수 있는 게 아니었다.

자신은 물론, 그의 막내딸보다도 한참이나 어린 소녀가 이리 놀라운 제안을 하다니.

어려웠던 시절을 잊지 않고, 남을 위해 기꺼이 베풀 줄 아는 이로 자란 그녀야말로 진정한 귀족의 표본이 아닌가 싶었다.

"훗, 내가 다 부끄러워지는군."

백작은 라나사가 대견해 보이는 한편, 어른으로서 창피함을 느꼈다.

"그 제안, 고맙게 받지요."

델러바인 백작은 약속했다.

"당연히 조건도 전부 수용하겠소. 애당초 내 영지에서 벌어진 일이니 내가 수습해야지. 피해 입은 여인들이 원하는 것들은 가능한 한도 내에서 모두 들어줄 참이오. 단, 그와 별개로 이자는 지급하는 것으로 하겠소."

"저는 돈을 벌기 위한 목적으로 투자하는 것이 아닙니다."

"압니다. 그런 걸 구별하는 능력쯤은 나도 있으니."

당혹스러워하는 라나사를 보며 델러바인 백작은 빙긋 웃었다.

"그래도 명색이 아리아나의 영주인 내가 이자도 없이 돈을 받는다는 건 자존심이 상하니, 면 좀 세워 주게나. 만약 이 사실이 소문이라도 나면 난 얼굴도 들지 못하고 다니게 될 걸세."

자존심을 운운하는 백작의 표정은 말과 달리 밝기만 했다. 마음이 편해져서인지 라나사를 향한 말투도 조금 전보다 한결 가벼워졌다.

"하니 이 퍼센트 어떤가? 이주민이 생기고 광산이 제대로만 돌아간다면 그 정도는 금방 갚을 수 있을 걸세. 여기 제국 최고의 부자 가문인 레오네트 백작가에는 조금 못 미치겠지만, 우리도 재력은 알아주는 편이니. 물론 지금은 예외고."

"흐음, 생각해 보니 그것도 그러네요."

빈번했던 화산의 활동과 범죄자들까지 몽땅 처리했으니, 일정 시기만 지나면 아리아나는 금세 많은 돈을 벌어들일 것이다. 라나사가 외가에서 받은 합의금과는 단위 자체가 다를 게 분명하다.

"좋아요. 그럼 원금과 이자 모두, 아리아나가 정상화되고 나서 받기로 하죠."

라나사는 길게 고민하지 않고 델러바인 백작의 뜻을 받아들였다.

"근데, 이왕에 그럴 거면 삼 퍼센트 어떠세요?"

"…뭐?"

"알아주는 재력가시라면서요. 이미 말씀드렸던 대로 돈을 버는 게 목적은 아니지만, 어차피 받아야 할 이자라면 그 정도는 되어야 하지 않겠어요?"

"하앗! 하하하하!"

잠시 황당하다는 듯 라나사를 쳐다보던 백작이 이내 너털웃음을 터뜨렸다.

이 얼마나 당돌한 아이란 말인가.

바로 조금 전에는 이자엔 관심도 없다는 양 선뜻 돈을 내어 주겠다고 하더니, 이율을 제시하자마자 그를 상대로 협상을 논한다.

그 모습이 어찌나 야무지고 똑똑한지, 얄밉긴커녕 오히려 예뻐 보일 지경이었다. 딸은 있으니 되었고, 며느리로 삼고 싶을 정도였다.

"좋다! 내 그리하지."

그렇게 거래는 성립되었다.

"이자 삼 퍼센트에 오리하르콘까지 더해서."

기분이 좋아진 델러바인 백작은 황제가 들었다면 배 아플 얘기를 쾌히 꺼냈다.

라나사의 눈은 오리하르콘이란 말에 커지다 못해 튀어나올 것처럼 번쩍 뜨였다. 그것은 기사를 꿈꾸는 자라면 누구나 원하는 최고의 광물이었기 때문이다.

극상의 강도를 자랑하기에 갑옷이나 무기로 제작하면 전투력이 수십 배는 향상될 수 있었다.

"설마 싫은 건가? 왜 대답이 없지?"

"아, 아니요! 절대 싫지 않습니다!"

그럴 리가 없잖아요!

라나사는 고개를 세차게 가로저으며 부정했다.

"기사학부생이고, 실력 또한 출중하다고 칼라에게 들었네. 장차 훌륭한 기사가 될 터이니, 나도 미리 투자하는 셈 치면 되겠군."

"…정말로 감사한 말씀인데요. 솔직히 제가 그런 걸 받아도 될지 모르겠습니다. 사실 제일 큰일을 한 건 제가 아니라 바율이잖아요."

라나사는 그저 있는 돈을 빌려주겠다고 한 것뿐이었다. 한데 그 대가치고 오리하르콘은 너무나 과하다.

"란데르트 백작님에게도 당연히 감사함을 표해야지. 원

하는 것이 있다면 무엇이든 말씀해 주십시오."

갑자기 화살이 바율에게로 돌아왔다. 델러바인 백작의 남다른 배포에 친구들과 함께 놀라고 있던 바율은 순간 대꾸할 말이 없어 눈만 슴벅거렸다.

"당장 떠오르는 것이 없다면 나중에라도 알려 주십시오. 칼라를 통해서라도 좋습니다. 란데르트 백작님께는 꼭 은혜를 갚고 싶습니다."

"저는 단지 폐하의 명을 수행했을 뿐입니다. 거기에 더해 응당 해야 할 일을 한 거고요. 그러니 부담 갖지 마십시오."

"해야 하는데도 하지 않는 이들이 더 많은 세상입니다. 사실 면책권의 폐지는 저의 오랜 염원이기도 했습니다. 하나 폐하께서 달가워하지 않으실 게 분명하여 차마 그러지 못했지요."

영지 문제는 잘 해결이 되었지만, 아직 그들에겐 남은 숙제가 있었다.

"란데르트 백작님께선 굳이 하지 않으셔도 될 일을 하셨습니다. 그로 인해 곤란에 처하시게 될지도 모릅니다."

아니, 그런 상황은 반드시 일어날 것이었다. 후궁인 카트린느가 곧 황자를 낳을 거란 소문이 이미 제국에 파다했다. 보이텍 후작을 위시한 귀족파의 위세는 갈수록 강해질 게 자명했고, 금번 일은 그들의 반대파인 란데르트 공작의 꼬투리를 잡기에 아주 적합한 구실이었다.

"무슨 뜻으로 하시는 말씀인지 충분히 알겠습니다."

바율은 바보가 아니었다. 앞서 이언과 맥 보좌관에게서도 수없이 들은 말이었다.

"하지만 전 제가 옳은 일을 했다고 믿습니다. 노여워하실 수는 있겠지만, 결국 폐하께서도 이해해 주실 겁니다."

행여 문제가 생긴다고 해도 그 또한 자신이 감당해야 할 몫이라고 바율은 생각했다.

'내가 괜한 걱정을 했군.'

델러바인 백작은 두려움이라곤 느껴지지 않는 바율의 당당한 태도에 감탄했다.

다시 봐도 참 란데르트 공작께서 아들 하나는 잘 키우셨다. 헥터 후작의 아들과는 어찌 이리도 다를 수 있는지, 놀랍기까지 하다.

"황궁에 보고가 올라가면 곧 폐하의 부름이 있을 것입니다. 그때 제가 할 수 있는 최선을 다해 란데르트 백작님을 돕겠습니다."

"아군이 되어 주신다니 든든하네요."

방금 한 델러바인 백작의 말은, 이제 헥터 후작이나 보이텍 후작 측과는 완전히 연을 끊겠다는 의미나 진배없었다.

서남부의 최고 가문의 수장인 그가 아버지의 편에 선다면 바율로서도 환영이었다.

"자, 그럼 심각한 이야기는 이 정도로 하고. 기쁜 날이니 슬슬 연회장으로 가실까요?"

오늘 하루는 마음껏 즐기도록 성내와 영지 전체에 포고령이 내려졌다. 불가능하다고 생각했던 일을 가능하게 한 바율을 그대로 돌려보낼 수 없기에 백작은 창고까지 탈탈 털어서 잔치를 열었다.

"아버지."

다들 웃으며 일어나 자리를 옮기려는데, 여태 침묵하던 칼라가 백작을 잡아 세웠다.

"드릴 말씀이 있습니다."

"…지금 말이냐?"

"네."

칼라는 내일 바로 바율과 함께 해밀턴으로 가야 했기에 남은 시간이 별로 없었다.

아버지의 속마음은 전혀 모른 채 무작정 연을 끊겠다는 말로 상처를 드렸다. 사건이 모두 끝나고 난 지금, 칼라는 자신이 얼마나 무지하고 철이 없었는지를 다시금 깨달았다.

기사단으로 복귀하면 언제 또 고향에 다시 오게 될지 모른다. 그녀는 그전에 제대로 된 사죄를 하고 싶었다.

"저희 먼저 가 있겠습니다. 두 분께선 천천히 말씀 나누고 오십시오."

바율은 칼라의 그런 마음을 아까부터 눈치채고 있었다. 안 그래도 서먹해진 부녀 사이 때문에 내심 염려하고 있었는데 잘되었다.

"가자, 얘들아."

바율 일행은 서둘러 파티장으로 향했고, 아버지와 딸은 아주 오랜만에 그간 하지 못했던 긴 대화를 나누었다.

2.

"휴, 시원하다!"

아리아나의 일을 멋지게 해결하고 해밀턴으로 돌아가는 길이었다. 잉그리드의 등에 올라 바람을 맞으니 다들 그제야 살 것 같았다.

"거긴 진짜 너무 더웠어."

"그런 날씨 속에서 사시사철을 어떻게 견디지? 으으, 난 정말 싫다!"

"에이단, 옆에 그런 혹을 끼고 할 말은 아닌 것 같은데."

일라이의 지적에 에이단이 고개를 숙이자, 티미가 붉은색 눈동자를 깜박이며 녀석을 올려다보았다. 아직 새끼라고는 하나 티미는 용암 골렘이었다. 체온을 낮게 가라앉힌 상태임에도 확실히 녀석에게선 훈훈한 기운이 느껴졌다.

"티미, 오해하지 마. 네가 싫다는 건 아니니까. 알겠지?"

"끄륵!"

"그래, 착하다."

말귀를 어찌나 신통하게 알아듣는지, 처음의 두려웠던 감정은 싹 사라지고 이제는 귀여워서 죽을 것 같았다. 에이단이 어딜 가든 옆에 콕 붙어서 따라오는 모습이 이제는 친구들 눈에도 제법 익숙했다.

"근데 말이야, 라나사."

에이단이 티미의 머리를 쓰다듬으며 문득 라나사에게 물었다.

"네 투자금 있잖아. 그런 거금을 의논도 드리지 않고 막 써도 되는 거냐? 뭐라고 안 하실까?"

"우리 부모님 말이니?"

"어. 솔직히 너 혼자 결정하기엔 좀 큰 금액이잖아. 우리 집이었으면 아마 모르긴 몰라도, 지팡이로 엄청나게 맞았을걸?"

생각만으로도 몸서리가 쳐진다는 듯 에이단이 어깨를 잘

게 떨었다. 그런 반면 라나사는 천연덕스럽게 대꾸했다.

"뭐 어때. 전부 내 돈인데. 어차피 죽을 때까지 다 쓰지도 못할 거, 좋은 일에 사용하면 그걸로 된 거지."

"어차피라고 말하는 사람치고는 이자를 받아 내는 솜씨가 장난이 아니던데."

"내 거래 능력이라면 이미 입증하지 않았었니?"

라나사의 새침한 대답에 에이단은 인상을 찌그리며 지난 과거를 떠올렸다.

"그랬지. 네가 우리 할아버지의 혼을 쏙 빼놨던 그 날을 내가 어떻게 잊겠어."

"야, 에이단. 너 아직도 라나사 질투하냐?"

"내가 그때도 말했지. 질투가 아니라 어이가 없는 거라고. 그리고 지금은 조금 부러워서 그런다!"

"부러워? 내가?"

라나사는 물론 친구들이 갑자기 그건 또 무슨 뚱딴지같은 소리냐는 듯 쳐다보자 에이단이 돌연 긴 한숨을 내쉬었다.

"나도 돈 좀 내 맘대로 써 보고 싶다! 집이 부자면 뭐하냐? 실상은 학비 때문에 아등바등 살고 있는데! 내가 진짜 졸업만 해 봐. 어디든 취직해서 멋대로 펑펑 쓰면서 살 거다!"

요즘 들어 돈타령을 하지 않기에 사정이 조금 나아졌나 싶었는데, 그것도 아닌 모양이었다.

라나사의 과소비(?)가 때아닌 도화선이 되었는지, 친구들은 해밀턴으로 가는 내내 에이단의 한탄을 들어 줘야만 했다.

'얘, 혹시 라나사가 오리하르콘 받은 거 때문에 심술 나서 이러는 거 아니냐?'

중간에 일라이가 꽤 그럴듯한 의구심을 내놓았지만, 바율이 즉시 녀석의 입을 틀어막은 덕에 다행히 변고는 피할 수 있었다.

"다 왔다!"

그리고 마침내 눈이 하얗게 온 세상을 뒤덮은 해밀턴의 절경이 일행의 시야에 들어왔다.

'아버지.'

곧 아버지를 만나게 될 상상을 하자 바율은 절로 주먹에 힘이 들어갔다. 그런 그의 손에는 작은 주머니가 들려 있었는데, 그곳으로부터 희미하게 불그스름한 빛이 새어 나왔다.

Chapter 5.
뜻밖의 조우

1.

잉그리드는 내성에 착지하기 전 긴 울음을 토하며 창공에서 몇 바퀴 돌았다. 그것은 일종의 신호였다. 일전에 녀석이 랑트의 온천 호수에 예고도 없이 등장해 사람들을 놀라게 한 이후로 생겨난 암묵적인 약속이라고도 할 수 있었다.

"도련님!"

역시나 리타가 가장 먼저 실내에서 뛰쳐나왔다. 바율이 생각보다 일찍 돌아온 것이 퍽 좋은지, 녀석이 어깨를 들썩이며 반가움을 감추지 못했다.

그녀를 보고 반가워하는 건 마황과 데스도 마찬가지였지만, 불행히도 지금 리타의 눈에는 바율밖에 보이지 않았다.

"리타, 잘 있었어?"

"네! 도련님은요? 가셨던 일은 잘되신 거예요?"

"그럼. 그러니까 이렇게 일찍 돌아왔지."

"우와! 이번에도 훌륭하게 잘 해내셨군요! 저는 도련님이 너무너무 자랑스러워요!"

리타는 바율의 두 손을 부여잡고 제자리에서 깡충깡충 뛰었다. 그걸 뒤편에서 바라보던 에이단은 고개를 설레설레 내저었다.

"리타 표정 좀 봐라. 저렇게 좋을까?"

"당연한 걸 뭘 묻냐? 바율이 밥만 먹어도 기뻐하는 녀석인데."

"아니, 틀렸어. 리타는 바율이 숨만 쉬고 있어도 좋아하는 것 같아."

리타에게는 바율의 존재 자체가 그저 빛이자 희망인 듯했다.

"보기 좋네, 뭐."

외동으로 자란 라나사는 잠시 자신에게도 리타 같은 동생이 있으면 어떨까 상상해 보았다.

그러고 보니 세드릭은 영지로 잘 돌아갔을까?

자연스럽게 귀여운 사촌 동생의 얼굴이 떠오르자 라나사는 자기도 모르게 피식 미소를 지었다.

"리타, 근데 재스퍼가 안 보이네? 보석 사인방도 그렇고. 다들 어디 간 거야?"

본래 지금쯤이면 바율을 바닥에 눕히고 열심히 핥아 대고 있어야 할 녀석들이었다. 그런데 리타의 뒤로 보이는 건 커닝 집사를 포함한 성내 식구들과 마족들뿐이었다.

"아, 영주님께서 데리고 산책하러 나가셨어요. 이제 슬슬 돌아오실 때가 됐는데……."

리타의 말이 끝나자마자였다. 멀리서 개 짖는 소리가 희미하게 들려왔다. 그 울림은 빠르게 커졌고, 이내 모습까지 드러냈다.

"컹컹!"

"컹컹컹컹!"

누가 먼저 당도하나 내기라도 한 듯, 재스퍼와 새끼들은 전속력으로 바율을 향해 달려오고 있었다. 그 속도가 어찌나 빠른지, 그대로 받아 줬다가는 눈밭을 데굴데굴 구를 운명이었다.

"재스퍼!"

바율은 녀석의 이름을 크게 외치며 은근한 바람을 일으켰다. 그러자 부드러운 훈풍이 녀석과 새끼들을 감싸며 속도가 눈에 띄게 줄었다. 덕분에 바율도 이번만큼은 무사히 몸을 지켜 냈다.

"그래! 시트린, 로즈, 스모키, 크리스탈! 너희들도 잘 지 냈니?"

재스퍼의 이름만 부른 것에 항의하듯 짖어 대는 녀석들에게 바율은 허리를 숙이며 반갑게 인사했다. 그의 손이 머리를 쓰다듬을 때마다 한 마리씩 컹컹 짖어 대는 게, 이제는 정말로 다 컸구나 싶었다. 넷 중 두 녀석은 어느새 덩치도 재스퍼를 넘어선 상태였다.

그리웠던 아버지의 음성이 바율의 고막을 채운 것은 그때였다.

"왔느냐?"

"아버지!"

란데르트 공작이 루비와 함께 느긋한 걸음으로 들어서고 있었다.

겨울철 중 해가 중천에 떠오른 지금이 가장 따뜻한 시간대이긴 했지만, 바율은 아버지의 얇은 옷차림이 신경 쓰였다. 물론 날씨 따위에 구애받지 않으시는 분이라는 사실은 익히 알고 있었다. 다만 이건 그냥 시각적인 문제였다.

"머플러라도 두르고 나오시지 그러셨어요."

"녀석, 아비를 보자마자 잔소리부터 하는 게냐?"

툴툴대는 아들의 모습에 왠지 기분이 더 좋아진 공작은 농을 던지며 걸어왔다.

"그렇게 걱정되면 네가 해밀턴의 날씨를 바꾸는 것은 어떠하냐? 사계절 내내 따뜻한 바람이 불면 영지민들이 좋아할 것도 같은데."

"…그럴까요?"

그런 생각은 한 번도 해 본 적 없었는데, 나쁘지 않을 듯했다.

고심하는 듯 진지한 눈빛의 바율을 보고 있노라니 공작은 순간 웃음이 터졌다.

"하하하! 이젠 날씨로는 농담도 하지 못하겠구나. 난 괜찮으니 어서 들어가자."

추위에 떠는 건 오히려 바율을 마중 나온 성의 식구들이었다. 공작은 앞으론 꼭 머플러를 착용하겠다며 아들을 안심시키고는, 서둘러 녀석과 그의 친구들을 데리고 안으로 들어갔다.

2.

바율은 간단히 세안만 마친 채 아버지의 집무실로 향했다. 아리아나에 대한 보고가 시급했기 때문이다.

참고로 라나사는 밖에서 란데르트 공작에게 후다닥 인사

를 건네기 무섭게 바로 자신의 집으로 건너갔고, 남은 친구들과 가르디엥은 하루 정도만 더 쉬었다가 각자 있어야 할 곳으로 돌아가기로 했다.

아카데미가 개강할 날도 머지않은 데다가 곧 3학년이 되는 만큼, 나름대로 준비해야 할 것들이 제법 있었다.

"제가 조금 늦었습니다."

바율이 도착하고 얼마 되지 않아서 사다드가 합류했다. 어디에 쓰려는 건지, 그의 손에는 두꺼운 서책이 몇 권 들려 있었다. 그가 이언과 맥의 맞은편에 착석했다.

"사다드도 왔으니 이제 자세히 말해 보거라."

바율은 이미 간략하게 결과만 추려서 보고한 상태였다. 하지만 공작은 더욱 상세히 듣기를 원했다.

맨 처음 이상한 마을에 들렀던 것부터 시작해서, 쾌락의 신전을 무너뜨리고 야도에게서 태고의 신물을 얻은 다음, 면책권을 폐지하고 아리아나를 자급자족이 가능한 땅으로 만든 일까지.

바율은 자신이 겪고 행한 모든 사건을 빠짐없이 세밀하게 전부 이야기했다.

"끝으로, 델러바인 백작님께서 이제 아버지의 편에 서시기로 하셨습니다. 아마 그에 관해선 베르가라에서 뵙게 되면 개인적으로 말씀드릴 것 같아요."

"흐음, 그래?"

델러바인 백작은 상당히 오랫동안 헥터가의 측근으로 지낸 사람이었다. 그런 만큼 바로 믿음을 주기엔 다소 위험 부담이 따르지만, 반대로 따지면 아는바 역시 많을 것이다.

때론 정보가 아주 중요한 역할을 하곤 한다. 아니, 생각보다 그런 경우는 잦았다. 그러니만큼 그가 먼저 신뢰를 보여 준다면 공작은 충분히 받아들일 준비가 되어 있었다.

"저기, 잠시만요."

이언과 맥까지 합심해서 논의를 하는 와중이었다. 수첩에다가 계속 뭔가를 적어 대던 사다드가 갑자기 툭 끼어들었다.

"그러니까, 델러바인 백작이 감사함을 표하기 위해 도련님께 필요한 게 있으면 뭐든 말씀하라고 하셨다는 겁니까?"

"네."

"그런데 도련님께선 아무 말씀도 안 하셨고요?"

"네……."

어째 사다드의 말투가 갈수록 까칠해지는 것 같아 바율은 저도 모르게 목소리를 줄였다.

"하아!"

사다드가 기가 막힌다는 듯 천장을 응시했다.

"바율 도련님! 배우실 게 따로 있지, 어떻게 그렇게 욕심 없는 것까지 공작 전하를 빼다 박으셨습니까?"

"그게 무슨……?"

"아리아나가 어떤 땅입니까! 당장은 영지민이 부족해서 뭘 기대하긴 어렵겠지만, 그래도 그곳은 엄청난 광물이 묻힌 곳입니다! 자원이 아주 그냥 어마무시하게 매장된, 말 그대로 황금의 땅이란 말입니다!"

수도 없이 들은 말이었기에 바율은 본능적으로 고개를 끄덕였다. 그러자 그게 더 자극이 된 듯 사다드의 언성이 더욱 높아졌다.

"당연히 거래를 하셨어야지요! 그간 그 광물들을 헥터가에서 다 차지하는 바람에 저희가 얼마나 아쉬웠는지 아십니까?"

"…그랬습니까?"

"그랬습니까? 라니요! 라나사 양은 오리하르콘까지 받아 냈다면서요? 그러면 적어도 도련님께선 그 이상은 요구하셨어야죠!"

어쩐지 라나사가 오리하르콘을 얻었다는 대목에서부터 표정이 심상치가 않더라니. 사다드는 무엇이 그리도 억울한지 주먹으로 제 가슴을 퍽퍽 내리쳤다.

그러다 화살이 애꿎은 이언에게로 날아갔다.

"아니, 대체 이언 선배는 뭐하신 겁니까? 그 광물이면 만월 기사단이 지금보다 훨씬 강해질 수 있다는 거, 모르십니까?"

"……."

"맥 보좌관님도 그렇습니다. 도련님이 모르시면 보좌관님이라도 곁에서 충고하셨어야지요. 정말 실망스럽습니다!"

이후로 사다드는 '그게 다 얼마야'부터 시작해서, '굴러 들어온 복을 그냥 걷어차셨네', '다시 얻어 낼 방법이 없을까' 등등 머리를 쥐어짜며 홀로 중얼거렸다.

함께 원정을 다녀온 바율과 이언, 맥은 꿀 먹은 벙어리처럼 아무 말도 하지 못한 채 그런 사다드의 눈치를 볼 수밖에 없었다.

"사다드."

그렇게 얼마나 있었을까.

돌연 란데르트 공작이 낮은 음색으로 사다드를 불러 세웠다.

"네, 공작 전하. 말씀하십시오."

"그렇게 아쉽나?"

"그걸 지금 말씀이라고 하십니까? 앞으로 일주일은 억울해서 잠도 못 잘 것 같습니다."

"그 정도로?"

"그럼요! 델러바인 백작이 우리 측에 붙는다고 해도, 광물을 거저 주지는 않을 겁니다. 공짜로 준다고 할 때 받지 못한 걸, 돈을 주고 사 오게 생겼다고요. 그게 한두 푼도 아닌데, 당연히 손해 아닙니까?"

"그러니까 결국은 돈이 문제라는 거군. 그놈의 돈 때문에 자네가 지금 이렇게 하극상을 일으키는 것이고."

"기사단 운영에 얼마나 막대한 자금이 들어가는지 잘 아시지 않습니까? 게다가 라나사 양에게 오리하르콘을 줬답니다! 오리하르콘!"

"아아, 돈이 아니라 오리하르콘 때문에 벌인 하극상이었군."

"그게 어떤 광물인지…… 아니, 제가 또 언제 하극상을 하였다고 그러십니까……."

흥분이 가시자 슬슬 정신이 돌아온 듯, 불현듯 사다드의 숨소리가 작아졌다. 기민한 그의 감각에 주군의 기세가 달라졌음이 느껴진 탓이다. 깊은 후회가 몰아쳤지만 이미 때는 늦은 듯했다.

"그럼 내가 방금 본 건 뭐지?"

"…송구합니다. 제가 그만 너무 아까워서……."

"바율은 특무대신으로서 맡은 바 직무를 수행했을 뿐이네. 델러바인 백작의 선물을 받지 않은 것 역시 아주 잘한 행동이고."

"하지만 공작 전하……."

"면책권을 폐지했어. 그것도 폐하의 명도 없이. 아리아나의 사정상 그리해야 했다고는 하지만, 그런 상황에서 개인적인 이득까지 취했다면 폐하께서 뭐라고 생각하시겠나?"

"아…… 거기까지는 제가 미처……."

아리아나의 광물은 워낙에 고가의 물건이기에 평소의 그답지 않게 너무 흥분했다.

원정은 잘 끝내고 돌아왔지만, 면책권에 대한 문제는 황실의 판단을 기다려야 하는 처지였다. 엄청난 이권이 걸렸던 일이니만큼, 황제가 어떤 결단을 내릴지 긴장을 해야 하는 시기였다.

"조만간 폐하께서 바율을 호출할 것이네."

"아버지……."

"어쩌면 문책을 하실지도 모르지."

란데르트 공작의 낯빛이 순식간에 서늘해졌다. 그는 이어 아무 말도 하지 않았지만, 이언과 사다드는 알 수 있었다.

만일 그러한 일이 생긴다면 그들의 주군께선 참지 않으실 터였다. 설사 그 상대가 제국의 황제일지라도 말이다.

"어, 저…… 바율 도련님께 드릴 말씀이 있는데…… 해도 되겠습니까?"

의도치 않게 하극상을 연출했던 사다드는 공작의 눈치를 살피며 조심스럽게 입을 열었다. 원정을 떠났던 바율은 금시초문이겠지만, 기실 그는 랑트에 생긴 또 다른 문제로 요새 골치를 좀 앓는 중이었다.

"네, 사다드 경. 말씀하세요."

바율 역시 아버지의 달라진 기세를 느꼈다.

자신이 또 아버지를 곤란하게 만든 듯해 마음이 불편했지만, 이미 저질러진 일이었고 후회는 없었다. 책임져야 할 게 있다면 책임을 지겠다고 이미 결심도 했다. 그저 아버지께 의논 없이 독단적으로 행동한 것이 죄송할 뿐이다.

"그 세계수 말입니다."

"…세계수요?"

생각지도 못한 화제였기에 바율은 동그래진 눈으로 사다드를 바라보았다.

"세계수에 문제가 생긴 겁니까?"

솔직히 정말 까맣게 잊고 있었다. 이번 겨울 방학은 시작부터 너무나 정신없게 돌아갔다.

랑트를 관광 도시로 개방한 것만으로도 바율에게는 엄청난 큰일이었다. 그런데 그 과정에서 드래곤의 침입이 있었고, 천족의 흉계까지 알아냈다.

마황에게서 얻은 근원의 지팡이로 세계수가 생겨난 이후엔 곧바로 황제의 명 때문에 아리아나로 떠날 수밖에 없었다.

거의 하루도 편히 쉬지 못하고 달려온 기분이랄까.

평범한 학생들에겐 방학이 학업으로 지친 심신을 달래는 기간일 테지만, 바율에겐 오히려 몸이 두 개라도 모자랄 만큼 바쁜 시간이었다.

졸업하는 날까지 아무 생각 없이 그냥 공부만 하고 싶은 심정을 느낄 때도 있었다.

"예, 문제라면 아주 큰 문제겠지요."

사다드는 한숨을 푹 내쉬었다.

"도련님께서 원정을 가신 사이, 생물학인지 마법학인지 아무튼 학계 쪽에선 아주 난리가 났다지 뭡니까. 그 세계수 때문에요. 그러잖아도 정령 도시로 소문이 나는 바람에 관광객이 끊임없이 유입되고 있잖습니까? 한데 거기에 고고학자와 역사학자는 물론 제국, 아니, 대륙의 마법사란 마법사들까지 죄다 몰려들고 있습니다. 완전 미어터질 정도로요."

"…그건 어느 정도 예상했던 것 아닙니까?"

"했지요, 예상. 근데, 그 수가 많아도 너무 많습니다."

아무도 본 사람이 없었다면 참으로 좋았겠지만, 하필이

면 랑트에, 그것도 팔레즈 호텔에 떡하니 생긴 탓에 거짓말로 둘러댈 수도 없었다.

처음엔 이 역시 랑트를 홍보하기에 좋은 구실이 될 거라고 단순하게 생각했던 사다드는 곧 자신의 무지함을 신랄하게 반성했다.

"그뿐이면 다행이게요. 거기에 더해 이상한 풍문까지 돌고 있습니다."

"풍문이라니요?"

"세계수가 오죽 신기하게 생겼습니까? 그래서인지 세계수의 꽃잎이나 나뭇가지를 간직하고 있으면 죽을병도 낫는다는 둥, 불로불사의 몸이 될 거라는 둥 말도 안 되는 요상한 소문이 넘쳐 나는 형국입니다. 당연히 사람들이 너도나도 그걸 갖겠다고 달려들고 있고요."

"…그러니까, 지금 랑트의 관광객들이 세계수의 가지와 꽃을 억지로 꺾고 따 간다는 말씀입니까?"

갑작스레 일어나는 불쾌감에 바율의 얼굴이 일그러졌다.

"물론 경비병들이 보초를 서고 있어서 아직 그런 만행이 일어난 적은 없습니다. 하지만 갈수록 시도가 늘고 있습니다. 뭔가 대책을 강구하지 않으면 훗날 큰 사고로 이어질 수도 있을 겁니다."

"당장 그와 관련한 법 제정을 요청해야겠군요."

잠자코 듣고 있던 맥 보좌관이 자못 심각하게 내뱉었다.

"세계수는 나라에서 보호받는 게 마땅한 보물입니다. 모든 생명의 씨앗이 생겨난 곳이지 않습니까. 세계수가 새롭게 모습을 드러냈다는 건, 우리가 여태껏 접해 보지 못한 새로운 생명의 탄생에 대한 예고일 수도 있습니다. 한데 그것이 채 모습을 보이기도 전에 망가진다면 이 얼마나 안타까운 일이겠습니까."

"새로운 생명의 탄생이요?"

바율이 어리둥절한 표정을 짓자 맥이 사다드가 가져온 책 중 가장 두꺼운 것을 가리켰다. 맨 위에 놓인 그 책의 표지에는 '인류의 과거이자 미래'라고 쓰여 있었다.

"행정 고시를 준비할 때 읽었던 책입니다. 저 안에 그렇게 적혀 있더군요. 그래서 아직도 많은 학자가 세계수를 찾기 위해 백방으로 노력 중이라고."

"맞습니다. 근데 그들이 그렇게 열심히 찾던 세계수가, 랑트에 뿅 하고 나타난 거죠."

바율은 그저 신기하고 기이한 일이라고만 여기고 지나쳤다. 한데 알고 보니 세상을 뒤집히게 하고도 남을 만한 대사건인 모양이었다.

"그럼 사다드 경께선 세계수에 대해 공부하고자 책을 읽고 계셨던 겁니까?"

"혹시나 작금의 사태를 해결할 만한 방법이 쓰여 있지는 않을까 기대했습니다만, 특별한 건 없었습니다."

사다드는 매우 유감이라는 듯 어깨를 으쓱였다.

"원래 인간의 심리란 하지 말라고 하면 더 하고 싶은 법입니다. 이렇다 할 제재도 없으면 더더욱 그렇지요. 그러니 캐링스턴으로 떠나시기 전에 법령을 만들어서 발포하는 것이 어떻습니까?"

"그것만으로 되겠습니까?"

세계수 보호에 만월 기사단까지 동원되는 실정이었다. 그럼에도 관광객들의 횡포는 하루가 다르게 극성에 이르고 있었다.

"우선 제가 직접 가서 봐야겠어요. 사다드 경께서 저 때문에 이래저래 고생이 많으시네요."

"안 그래도 업무량이 너무 많아 공고를 냈습니다. 제가 괜찮은 사람들로 몇 명 뽑아 놓을 테니, 도련님께서 최종적으로 면접을 보고 결정해 주십시오. 이대로는 저도 더 못 버팁니다."

사다드는 보란 듯이 부러 더 힘든 목소리를 냈다. 조금 전 본인이 저질렀던 실수를 신경 쓰고 있는 게 틀림없었다.

"덕택에 기사단 훈련 불참도 꽤 많이 눈감아 준 것 같은데."

란데르트 공작의 눈썹이 삐뚜름하게 올라가자 사다드가
재빨리 변명했다.

"공작 전하! 그건 제가 너무 바빠서 어쩔 수 없었던 겁니
다. 생색내는 것 같아 말씀드리지 않았는데, 저 하루에 두
시간도 못 자고 있는 거 아십니까?"

"그런가?"

"예! 지금도 보십시오. 어디 이게 사람 얼굴입니까?"

본인의 얼굴을 손가락으로 가리키며 사다드가 열변을 토
했다.

"저 인기 많은 거 공작 전하께서도 아시죠? 근데 이제는
제가 지나가도 그 어떤 여인도 절 쳐다보질 않습니다. 이게
불과 한두 달 사이에 벌어진 일입니다. 놀랍지 않으십니까?"

"이언."

"네, 공작 전하."

"자네는 놀라운가?"

"…아마도 공작 전하께서 생각하시는 바와 같을 겁니
다."

"그렇지?"

그리 말하곤 나란히 고개를 끄덕이는 란데르트 공작과
이언. 그런 그들을 번갈아 보던 사다드의 미간에 미약한 균
열이 생겨났다.

"방금 뭐죠? 두 분, 무슨 뜻으로 눈빛을 주고받으신 겁니까?"

사다드가 다급히 물었지만, 누구에게도 답변을 들을 수 없었다. 바율은 또다시 하극상이 일어나기 전에 얼른 그의 관심을 자신에게로 돌렸다.

"사다드 경, 가시죠."

"예? 어디를 말입니까?"

"한시가 급하다면서요. 마침 잉그리드도 있으니 금방 도착할 수 있을 겁니다."

템페스타에게 부탁해도 될 일이었지만, 아직 녀석은 잉그리드처럼 편안하고 안전하게 이동시키는 실력은 좀 부족했다.

"맥 보좌관님은 예정대로 내일 황도로 떠나 주십시오. 연락 기다리고 있겠습니다."

"네, 란데르트 백작님."

"다녀오거라."

세계수 문제에 관해선 천하의 란데르트 공작이라도 할 수 있는 일이 없었다. 랑트는 바율의 영지였고, 세계수를 만들어 낸 것 또한 바율이었다.

원정에서 돌아오자마자 쉬지도 못한 채 떠나는 아들이 안쓰러운 공작은 기운 내라는 듯 바율의 어깨를 따뜻하게 감싸 안았다.

3.

　해가 지기 직전, 보랏빛 노을이 하늘을 물들 때 즈음 바율은 친구들과 함께 랑트에 도착했다.

　리타가 한껏 차려 준 식사도 제대로 먹지 못하고 날아온 탓에 마황과 데스의 기분은 현재 대단히 가라앉은 상태였다. 걸리적거리는 게 있다면 그게 무엇이든 단칼에 아작을 내고도 남을 만큼 눈빛들이 살벌했다.

　"저기 보인다!"

　창공에서 바라본 세계수는 더욱 특별해 보였다. 팔레즈 호텔의 정상에서 은은한 빛을 뿜어내며 고고하게 서 있는 자태가, 왠지 처음과는 그 느낌이 조금 달랐다.

　"사람들이 진짜 북적북적하네."

　"아리아나로 가기 전까지만 해도 이 정도는 아니었는데."

　"이러다 손때를 하도 타서 세계수가 죽기라도 할까 봐 겁난다."

　나무를 신기하게 여기는 마음은 충분히 이해할 수 있었다. 하지만 호텔의 옥상에는 걸음을 옮기는 게 힘들 정도로 구경꾼들이 가득했다.

뿐인가.

호텔 주변의 건물과 절벽 등, 세계수를 구경할 수 있는 시야가 확보된 위치라면 상황은 모두 마찬가지였다.

랑트가 대륙의 중심이 될 거라던 라예가르의 말은 결코 틀리지 않았다. 벌써부터 그 조짐은 시작되고 있었다.

"내려가자."

랑트의 전경은 충분히 살폈다. 바율이 부탁하자 에이단이 바로 잉그리드에게 신호했다. 사람이 없는 넓은 공간을 찾기가 어려웠기에, 녀석이 간신히 착륙한 곳은 절망의 신전과 이어진 절벽 부근이었다.

"바율, 어떻게 할 거야?"

잉그리드의 등에서 내리자마자 라나사가 물었다.

녀석에겐 처음에 아무 말 않고 오려고 했지만, 혹시 나중에 알면 섭섭해할지 모르니 일단 말만 전하려 했다.

그러나 라나사는 오히려 자신을 빼고 갈 생각이었냐며 펄쩍 뛰더니 당연하다는 듯 일행에 합류했다. 그냥 왔더라면 아마 두고두고 괴롭힘에 시달렸을 터였다.

"세계수 문제로 법령을 만든다고 해도 난 사람들이 그걸 잘 지킬 거라고는 생각하지 않거든."

"그래도 전부가 무시하지는 않을 거야."

"맞아. 하지만 어기는 자 역시 많을걸?"

인간에 대한 부정적인 시각이 강한 퀸이 고개를 끄덕이며 라나사의 말에 동의했다.

"그래서 말인데."

"……?"

"그걸 이용해 보는 건 어때?"

"그거라니?"

"망각의 기쁨이라고 했던가? 그렇게 들은 것 같은데."

"이거 말이야?"

바율은 의아해하며 바지에 손을 넣어 천으로 만들어진 주머니 하나를 꺼냈다. 그 주머니에는 야도에게서 얻은 붉은색 귀걸이가 담겨 있었다.

"야도란 자가 그걸 이용해 사람들을 조종했잖아."

"헐, 라나사! 바율보고 그놈이랑 똑같은 짓을 하라는 거야, 지금?"

에이단이 기겁하며 소리치자 라나사가 눈매를 모으며 반박했다.

"누가 그러래? 난 그냥 바율이 그걸 사용하면 뭐가 좀 다르지 않을까 해서 하는 말이지."

"…다르다니?"

"세계수를 창조해 낸 사람이 바율 너잖아. 근원의 지팡이를 만진 것만으로 말이야."

그건 맞는 말이었다. 정확한 이유는 모르겠지만 그로 인해 그런 일이 벌어졌다.

"이번에도 뭐가 다를 수 있지 않겠니?"

라나사는 원래 헛된 기대 같은 건 하지 않는 타입이었다. 믿을 건 오로지 노력으로 빚어진 실력뿐이라고 생각하며 살았다.

그러나 그녀는 바율을 알면 알수록 신기한 체험을 하고 있었다. 녀석이라면 분명 또다시 놀라운 힘으로 현 사태를 해결할 거란 이상한 믿음이 들었다.

"그럼, 귀걸이를 한번 착용해 보시는 게 어떠십니까?"

신전 쪽으로 급히 발걸음을 옮기던 사다드가 라나사의 말에 획 돌아섰다.

"저야 태고의 신물에 대해선 잘 모르지만, 라나사 양의 말도 일리가 있는 것 같아서요. 바율 도련님은 세계수를 만들어 낸 장본인이시지 않습니까? 가능성이 있다면 일단 뭐든 해 봐야 한다고 생각합니다."

사다드는 그 정도로 상황이 심각하다는 것을 에둘러서 표현했다.

"그래, 바율. 뭐라도 해 보자."

"이러다 정말 세계수가 훼손되기라도 하면 안 되잖아."

친구들은 귀걸이의 위력을 보았음에도 바율이 거기에 당하리란 걱정은 전혀 하지 않았다. 녀석의 힘을 알고 있기 때문이리라.

진짜로 내가 뭘 할 수 있을까?

그러나 바율은 확신 없는 눈빛으로 손에 쥔 천 주머니를 내려다볼 뿐이었다. 자신이 근원의 지팡이에 손을 대서 세계수가 생긴 건 틀림없는 사실이나, 그것 말고는 아직 신물로 무언가를 행한 경험이 없기 때문이다.

'아, 태양의 눈!'

그때, 바율의 눈에 퀸의 손가락에 끼워진 세 벌의 반지가 들어왔다. 그러고 보니 저 반지로 퀸을 살려 냈고, 하급 정령이었던 이노센트가 중급으로 올라서기도 했다.

'어쩌면…… 또다시 뭔가를 할 수 있을지 몰라.'

불과 1년이 조금 지났을 뿐인데, 그새 자신이 했던 일을 잊고 있었다. 아무리 인간이 망각의 동물이라지만, 바율은 순간 스스로가 바보 같다는 생각이 들었다.

"이리 줘 봐."

"…어?"

잡념에 빠진 바율에게 퀸이 다가와 손을 내밀었다.

"귀걸이. 해 본 적 없을 거 아니야."

맞는 말이었기에 바율은 무심결에 고개를 끄덕이며 퀸에

게 주머니를 건넸다. 퀸은 곧바로 망각의 기쁨을 꺼내 바율의 귀에 능숙하게 채워 주었다.

"오, 바율! 생각보다 잘 어울리는데?"

귀걸이는 일라이의 전문 분야라고 할 수 있었다. 지금만 해도 일행 중 유일하게 치렁치렁한 귀걸이를 달고 있었다.

"역시 붉은색이 최고지."

망각의 기쁨은 진주알처럼 동그란 형태로, 진한 적색을 띠고 있었다. 바율의 부드러운 은발과 묘하게 어우러지는 게 나쁘지 않았다.

"이상하진 않아?"

당장 거울이 없으니 볼 수가 없었다. 바율은 양쪽 귀에서 느껴지는 약간의 무게감과 이물감에 어색한 표정을 지으며 친구들에게 물었다.

"응, 괜찮네."

"바율, 딱 네 것 같다."

"예뻐."

"이참에 나도 귀걸이나 해 볼까?"

바율을 안심시켜 주고 싶었는지 친구들은 저마다 긍정적으로 대꾸했다. 그래서 바율은 왠지 더 믿음이 안 갔지만, 그렇다 한들 지금으로선 딱히 확인할 방법이 없었다.

"도련님, 서두르시는 게 좋겠습니다."

사다드의 재촉에 바율은 결국 귀에서 손을 거두고 급히
문제의 장소로 향했다.

4.

팔레즈 호텔로 가는 길은 예상외로 순탄했다. 엄청난 인
파를 뚫고 지나가는 게 다소 어려울 듯했으나, 바율을 알
아본 관광객들이 너도나도 뒤로 물러나며 통행로를 만들어
준 덕이었다.

바율은 삼엄한 경비 태세 없이 그저 걷기만 했다. 그러나
일행 특유의 범접할 수 없는 분위기 탓이었을까.

사람들은 바율을 신비하다 못해 경이로운 눈길로 바라보
았다. 그래선지 수군거리기는 해도, 선뜻 다가오지는 못했다.

"티미, 괜찮아."

호텔로 들어서던 에이단은 자신의 손을 꼭 붙들고 있는
티미에게 걱정하지 말라며 웃어 보였다. 평생을 용암 속에
서 살다가 이제 막 바깥세상에 나온 티미였다. 그런 녀석에
게 지금과 같은 풍경은 거의 공포에 가까울 것이다.

살아 있는 인간이 이렇게나 많다는 사실에 녀석은 큰 충
격을 받은 모양이었다. 에이단을 만나기 전까지 녀석에게

인간은 늘 적대적인 대상이었으니 그럴 만도 했다.

"우선 옥상에 있는 자들부터 내려보내겠습니다."

사다드는 도착 즉시 관광객들을 정리하고자 위층으로 뛰어 올라갔다.

팔레즈 호텔의 일 층 로비는 그나마 바깥보다는 사정이 조금 나았지만, 딱히 제재할 명분이 없으니만큼 인산인해이기는 마찬가지였다.

친구들이 그곳에서 사다드가 돌아오기를 기다릴 때였다.

"란데르트 백작님이시다!"

누군가 바율을 발견하고 소리쳤다. 그러자 이제까지와는 달리 사람들이 목청을 높이며 이런저런 질문을 쏟아냈다.

"갑자기 랑트에 세계수가 왜 생긴 겁니까?"

"설명 좀 해 주십시오! 정령과 관계가 있을까요?"

"이 사태가 무엇을 의미하는 거죠?"

"세계수 연구에 정식으로 도움을 주실 생각이 있으십니까?"

학계 측에서 난리가 났다고 하더니만, 로비에 모인 자들 대개가 그쪽 부류인 듯했다. 바율이 많은 것을 안다고 생각하는지 질문 세례가 끊임없이 이어졌다. 다행인 점은 그 세계수를 바율이 만들었다는 사실까지는 모르는 눈치였다.

"세계수에 대한 소문은 제국을 넘어 대륙 전체로 퍼질 것이다. 그걸 막을 수는 없겠지. 하나, 세계수를 창조한 것이 바율 너라는 것은 반드시 비밀로 해야 한다. 만약 이 사실이 알려진다면 인간들은 더는 널 자신들과 같은 인간이라 여기지 않을 테니 말이다."

바율은 정령사란 이유만으로 지금도 충분히 특별한 존재로 인식되고 있었다. 거기에 생명의 원천이라는 세계수까지 그가 만들어 냈다는 것을 알면, 라예가르의 말처럼 사람들은 다른 견해를 품게 될 수 있었다.

그게 긍정과 부정 중 어느 방향으로 미칠지는 아직 모르지만, 바율은 라예가르의 충고를 따르길 잘했다고 속으로 수없이 되뇌었다.

인간에게 인간 취급을 받지 못한다는 건, 그것대로 굉장히 불쾌할 것 같았기 때문이다.

기실 현재도 그를 신적인 존재로 치부하는 이들이 적지 않았다. 바율은 결코 그런 현상이 심화되길 바라지 않았다.

열일곱이란 나이에 특무대신이 되고, 위대한 첫 번째 정령사라 불리고 있다. 그러나 바율은 여전히 사람들 앞에 나서는 게 불편했고, 시선을 즐기지도 못했다. 아마도 이건 평생 그러할 것 같았다.

"바율, 올라가자."

사다드의 재빠른 지시로 만월 기사단원들이 옥상에 있던 구경꾼들을 모두 내려보냈다.

많은 이들이 세계수에 대한 갈망으로 아쉬워했지만, 팔레즈 호텔은 엄연한 사유지였다. 설령 그들이 돈을 낸 고객이라고 해도 지금과 같이 특수한 상황에선 주인의 권리가 먼저였다.

더욱이 바율은 정령 도시 랑트의 영주였다. 불만이 있더라도 그걸 드러내 놓고 표현할 만큼 간 큰 자들은 아무도 없었다.

"휴우! 이제 좀 제대로 숨이 쉬어지네."

"인구 밀도가 너무 높다. 바율, 진짜로 무슨 대책을 내놓긴 해야겠어."

옥상은 경비를 서던 이들까지 몽땅 자리를 비운 상태였다. 어느덧 해도 서산 너머로 완전히 사라졌고, 랑트엔 어둠이 찾아왔다. 물론 세계수에서 흘러나오는 빛 때문에 주위는 환했다.

"어라? 근데 뭔가 좀 달라진 것 같은데?"

한적해진 분위기에 잠시 숨을 돌리던 친구들은 문득 고개를 갸웃거렸다.

"원래도 이런 느낌이었나?

전체적으로 크기며 모양에 큰 변화는 없었다. 그런데도 어째선지 풍기는 느낌이 전과 확연히 달랐다.

나무의 냄새라고 해야 할까?

그도 아니면 배어 나오는 기운이라고 해야 할까?

무어라 단언하긴 어려웠으나, 다시 만난 세계수는 분명하게 달라져 있었다.

"이, 이건……!"

가르디엥이 흠칫 놀라며 말을 더듬은 것은 그때였다. 그가 홀린 듯 세계수를 향해 걸어가더니, 조심스럽게 나무 기둥에 손을 뻗었다.

"……!"

그러곤 마치 감전이라도 된 듯 부르르 몸을 떨었다.

"가르디엥 님?"

바율은 걱정되는 마음에 그에게로 다가갔다.

"…같습니다."

"네?"

"이 나무에서…… 이 세계수에서…… 정화의 숲의 기운이 느껴집니다."

"…정화의 숲과 같은 기운이요?"

"설마…… 그런 걸까요?"

바율은 가르디엥이 당최 무슨 말을 하는 건지 이해할 수가 없었다. 그는 대단히 혼란스러운 표정을 짓고 있었다.

바율은 궁금했지만, 우선은 그가 안정을 취할 때까지 차분히 기다렸다. 이윽고 얼마 지나지 않아 가르디엥이 입을 열었다.

"순전히 제 짐작이긴 하지만…… 아마도 본디 세계수는 정화의 숲에 있었던 게 아닐까 합니다. 그것이 정령계가 멸망하면서 함께 자연스럽게 사라졌다가, 다시 이곳에 이렇게 나타난 거지요. 바율 님에 의해서."

수많은 학자들이 찾아다녔다던 세계수가 정화의 숲에 있었다가 사라진 거였다고?

"정령계의 멸망은 저희 엘프족에게도 치명적이었습니다. 지금은 겨우 명맥만을 유지하는 수준이지요. 인간들처럼 정령을 완전히 잊지는 않았지만, 그럼에도 우리 역시 선대로부터 많은 정보를 얻지는 못했습니다."

가르디엥은 멍하니 세계수를 올려다보았다.

"하지만 정화의 숲은 반드시 지켜 내야 한다고 늘 강조되었지요. 이유도 까닭도 없었습니다. 그래야만 하기에 그랬습니다. 그런데 이제 알 것 같네요."

엘프족은 예로부터 정령계와 밀접한 관계가 있었다. 그런 그들이 세계수를 보호하는 임무를 수행하고 있었다면, 그건 정령계 역시 세계수의 존재와 연관이 있음을 뜻했다.

"바율 님이 세계수를 이 땅에 뿌리내리게 하신 건 절대 우연이 아닐 겁니다."

세계수는 본래 주신의 창조물이라고 알려졌다. 하지만 가르디엥의 말이 정녕 사실이라면, 그건 아닐 수도 있었다. 어쩌면 애초에 세계수를 만든 건 정령왕들일지도 몰랐다.

그때였다.

왕이시여·· ·· .

낮고 묵직한 목소리가 별안간 바율의 심장과 머리를 울렸다. 깜짝 놀란 바율은 황급히 주변을 휘둘러보았다. 그의 이름을 지칭하지는 않았지만, 이건 분명 자신을 부르는 소리였다. 본능적으로 느낄 수 있었다.

하지만 주위엔 마황과 데스를 비롯한 일행뿐이었다. 새로운 인물은 누구도 없었다.

이날이 오기만을 기다렸습니다·· ·· .

또다시 음성이 그를 사로잡았다. 정령들은 아니었다. 녀석들이 그에게 말을 거는 방식과는 조금 달랐다.

"바율, 왜 그래?"

바율이 갑자기 이상 행동을 보이자 친구들은 철렁했다. 또 무슨 일이 생길지 조마조마한 얼굴들이었다.

"바, 바율!"

"너…… 그 목걸이……!"

그때 친구들의 눈에 바율의 펜던트가 번쩍이는 것이 보였다. 시작은 펜던트였지만, 그 빛은 금세 녀석의 귀에 걸린 망각의 기쁨에까지 번졌다. 그리고 놀랍게도 세계수의 기둥과도 이어져 갔다.

마침내 바율의 전신이 빛으로 완전히 감싸진 순간!

마치 공간 이동이라도 한 것처럼 바율의 눈앞에 다른 세상이 펼쳐졌다.

드넓은 초원, 그 뒤로 끝없이 펼쳐진 초록의 삼림.

그 한가운데에 커다란 나무 한 그루가 자리했고, 길게 뻗어 나온 나뭇가지 위에 웬 소년 하나가 다리를 흔들며 앉아 있었다.

매일 밤 꿈에서만 그리던, 자신과 똑같은 얼굴을 한 소년.

늘 햇살처럼 빛나는 미소를 짓던 그의 형, 바일이었다.

Chapter 6.
세계수의 의미

1.

"바율, 어제 우리가 이 상태에서 아버지께 졌잖아. 내 생각에 비숍을 무리하게 움직이는 바람에 퀸이 잡힌 게 패인인 것 같아."

"하지만 그때는 그게 최선이었는걸? 비숍이 아니라 나이트를 이동했으면 더 빨리 체크메이트 당했을지 몰라."

"아니, 잘 봐 봐. 여기서 이렇게 룩으로 먼저 방어막을 형성하면 룩이 룩을 보호할 수 있는 형태가 되잖아? 그러면 아버지도 함부로 공격할 수 없으셨을 거야. 룩을 얻자고 퀸을 희생시킬 분은 아니니까."

"아, 그럼 다음에 비숍을 위쪽으로 보내면 우리가 조금

유리해지는 건가?"

"그렇지! 나이트를 제외하고는 기물을 넘어서 이동할 수 없으니까, 퀸은 갇힐 수밖에 없게 돼."

바일은 빠르게 체스 말을 옮겨 가며 자신이 연구한 내용을 털어놓았다.

"근데 형, 우리의 약점은 매번 아버지께 퀸을 먼저 먹힌다는 거잖아. 가장 강력한 상대부터 제거하는 게 아버지의 전투 방식이라고 들었어."

"그게 아군의 피해를 최소화할 수 있는 전략이니까 당연하지. 전투에서 무엇보다 우선해야 할 건 승리겠지만, 그 과정에서 부상자의 수가 적은 것도 무척 중요한 거야. 아버지가 제국의 전투에서 빠지실 수 없는 절대적인 이유이지."

란데르트 공작이 참여하지 않는 것만으로도 군 내 전투력은 급격히 하락한다. 해서 눈에 넣어도 아프지 않을 두 아들을 두고서도 그는 전쟁터를 누벼야만 했다.

십년전쟁이 끝나고 난 지금은 조금 나아졌지만, 여전히 여기저기서 소규모 국지전이 일어났다. 게다가 그는 그 외적으로도 많은 업무량에 시달리고 있었다.

"오늘도 늦으실까?"

"글쎄…… 왜? 바율, 벌써 힘들어?"

동생을 바라보는 바일의 눈이 금세 걱정으로 물들었다. 그런 형의 마음을 모르지 않기에 바율은 부러 씩씩하게 대꾸했다.

"아니, 아직은 괜찮아. 그냥 너무 늦게 오시면 또 잠이 들까 봐서 그래."

"안 돼, 바율. 오늘은 꼭 아버지를 이겨야 한다고."

"좋은 수라도 있어?"

바율이 묻자 바일이 며칠을 고민 끝에 생각한 비장의 수를 꺼냈다.

"퀸을 두 개로 만드는 거야."

"⋯퀸을?"

"어! 폰을 체스판의 끝까지 이동시키면 어떤 말로도 변경이 가능하잖아. 퀸을 두 개로 만들 수만 있다면 우린 무적이 되는 거라고!"

"그건 알지만…… 아버지가 그렇게 되도록 가만히 두고만 보실까?"

바율은 조금 회의적이었다. 그러자 바일이 잘 보라는 듯 체스판의 흑백의 말들을 하나씩 차례대로 번갈아 움직여 가며 홀로 게임을 진행했다.

"오, 바일! 진짜 기발하다!"

바율은 흥분해서 저도 모르게 어깨 위에 두르고 있던 담요를 벗어 던졌다. 정녕 이렇게만 된다면 지금껏 단 한 번도 이기지 못했던 아버지에게서 첫 승리를 따낼 수 있을 것만 같았다.

"도련님, 그러다 또 감기 걸리신다니까요."

두 쌍둥이 형제가 체스 전략에 몰입한 사이, 리타는 방을 정리하고 있었다. 그녀가 득달같이 달려와서는 바율의 어깨에 다시금 담요를 둘러 주었다.

"리타, 아직 겨울 오려면 한참 남았어. 나 괜찮아."

"제가 안 괜찮은걸요. 저 엄마한테 혼나는 거 보고 싶으세요?"

"아니!"

"그건 안 되지!"

바율과 바일은 거의 동시에 고개를 저으며 소리쳤다. 리타의 친모이자 그들 형제의 유모인 아리엘은 형제가 잘못해도 리타를 꾸짖고, 리타가 잘못해도 리타를 꾸짖었다.

그래서 그들이 생각해 낸 방법은, 리타가 아리엘에게 혼나지 않도록 본인들 스스로가 각별히 더 주의를 기울이는 것이었다.

"리타, 나 담요 안 떨어뜨리고 잘 있을게. 됐지?"

"나도 감시 잘할게."

행여 리타가 꾸중이라도 들을까 싶어 형제는 유난이었

다. 그에 리타가 안경을 고쳐 잡으며 쿡쿡 웃음을 터뜨렸다.

"그러니까 그만하고 이리 와서 앉아. 간식도 좀 먹고."

"맞아. 아까부터 뭘 그렇게 꼼지락대는 거야? 방은 이미 깨끗한데."

바율과 바일은 간식 접시를 쓱 밀며 소파의 비어 있는 자리를 가리켰다.

"이건 엄마가 도련님들 드시라고 직접 만드신 거잖아요. 그리고 저는 아까 많이 먹었어요."

"거짓말."

"리타, 너 요새 거짓말이 느는 것 같더라? 내 눈에는 다 보이거든?"

바일이 두 눈을 게슴츠레하게 뜨며 바라보자 리타가 황급히 시선을 내리깔았다. 그녀는 이전부터 거짓말에는 별로 소질이 없었다.

"나랑 형은 배불러서 그래. 아리엘도 빈 접시를 보면 더 기뻐할 거라고. 그치, 형?"

"당연하지."

"…진짜로 제가 먹어도 돼요?"

리타는 결국 간식을 먹이기 위한 형제의 합공에 무너졌다.

영주 성에서 거주하는 덕에 끼니는 거르지 않고 지내지만, 하녀의 신분인 리타가 달고 맛있는 간식을 먹기란 요원한 일이었다. 오랜 전쟁과 빈번하게 일어나는 자연재해 때문에 식자재의 공급이 원활하지 못한 탓이었다.

"얼른 먹어."

"아리엘 오기 전에!"

바일은 아예 망을 보기 위해 벌떡 일어나 문가로 달려갔다. 형제는 리타가 오도독오도독 과자를 씹어 먹는 모습을 마치 저들이 먹기라도 하는 양 만족스럽게 웃으며 쳐다보았다.

"바일 도련님. 바율 도련님. 안에 계시죠?"

그때 문 너머 복도에서 불쑥 웬 여인의 음성이 들려왔다.

"콜록콜록!"

이어서 들리는 밭은기침 소리. 지난해 얻은 폐렴 때문에 아직도 고생 중인 아리엘의 방문이었다.

바일이 신호하기도 전에 리타는 황급히 일어나 간식 접시에서 멀어졌다. 그리고 바일은 걱정스러운 얼굴로 문을 열었다.

"아리엘, 또 기침 나와?"

"…이제는 괜찮습니다."

아리엘의 안색은 꽤 창백한 편이었다. 하지만 자신을 염

려하는 바일을 내려다보는 그녀의 입가엔 포근하고 따뜻한
미소가 걸려 있었다.

"바율 도련님 약 드실 시간이라서요."

"아, 맞다! 또 깜박했네!"

아리엘의 말에 리타가 손으로 제 이마를 치며 반성했다.

"죄송해요. 제가 가지러 가야 했는데."

"내일은 잊지 말거라."

이제 겨우 열 살짜리 딸이었다. 녀석의 입 주변에 묻은
과자 부스러기를 못 본 척 넘기며 아리엘은 바율에게로 곧
장 걸어갔다.

"아리엘은 약 먹었어?"

근래 기침이 잦은 아리엘이었다. 바율은 익숙하게 그릇
에 담긴 약을 꿀꺽 삼킨 후 유모를 올려다보았다.

태어나면서부터 어미를 잃은 그들 형제는 당시 성내의
유일한 산모였던 아리엘의 젖을 먹고 자랐다. 본디 주방에
서 일하던 하녀였던 그녀는 그렇게 자연스레 형제의 유모
가 되었고, 지금까지 성심을 다해 둘을 모시는 중이었다.

건강했던 그녀가 요사이 부쩍 몸이 쇠한 것 같아 딸인 리
타는 물론, 바일과 바율도 걱정이 이만저만이 아니었다.

"그럼요. 제 몸은 제가 충분히 잘 돌보고 있으니, 바율
도련님께선 얼른 나을 생각부터 하십시오. 그래야 영주님

도 저도 힘이 나지요."

"응, 아리엘. 그럴게."

그녀에게서 늘 듣는 말이었기에 새삼스럽지도 않았다. 바율이 할 수 있는 거라곤 최대한 밝게 행동해서 그녀의 걱정을 덜어 주는 일뿐이었다.

"그런데, 오늘도 체스 연습 중이신 건가요?"

바율에게서 빈 그릇을 건네받은 아리엘이 탁자 위 체스판을 살폈다. 요즘 두 형제가 아버지를 이기기 위해 열심히 머리를 맞대고 있다는 걸 유모인 그녀가 모를 리 없었다.

"이번에는 꼭 이길 수 있어! 형이 엄청난 수법을 만들어 냈거든!"

"아버지께서 늦지만 않으시면 오늘 우리는 첫 승리를 얻어 낼 거야!"

바율과 바일은 벌써부터 자신감에 차 있었다. 둘은 모르겠지만, 아리엘은 오래전부터 마음속으로 둘을 응원하고 있었다. 그런 때가 오기를 기다리는 건 그녀 역시 마찬가지였다.

"그렇다면 오늘은 두 분께 기쁜 날이 되겠군요. 방금, 곧 영주님께서 도착하실 거란 전갈이 도착했거든요."

"정말?"

"아버지가 오신대?"

"네, 영지 순방이 일찍 끝난 모양입니다."

"아싸! 바율, 우리 다시 한번 연습해 보자!"

"응, 형!"

아리엘과 리타가 저녁 준비로 방에서 나가는 것도 의식하지 못한 채 그렇게 두 형제는 다시금 체스 공략에 열을 올렸다.

그리고 그날 밤.

"체크메이트!"

작정한 두 아들에게 제대로 당한 란데르트 공작은 한참을 곤란한 눈빛으로 체스판만 노려보았다. 하지만 이리 봐도 저리 봐도 피할 방법이 없었다.

기가 막힐 정도로 모든 수가 막혀 버렸다.

집중력이 흐트러졌나?

아니면 자신이 두 아들을 너무 얕잡아 봤을까?

녀석들에게 질 거란 생각을 전혀 해 보지 못한 공작은 순간 당혹스러움에 아무 말도 하지 못했다.

그런 아버지의 심정을 아는지 모르는지 바일이 어깨를 으쓱이며 바율에게 말했다.

"거봐, 바율. 오늘은 우리가 이길 거라고 했지?"

"우와! 정말 우리가 이긴 거야?"

바율은 직접 보고서도 믿기지가 않았다. 그간 수없이 반복해서 연습하긴 했지만, 꿈에 그리던 그 날이 이렇게 빨리 올 줄은 몰랐다.

"아버지, 이제 항복하시죠?"

바일은 젠체하며 공작에게 공식적으로 항복 선언을 요구했다. 그 모습이 어찌나 당당한지, 공작은 어느덧 웃음이 새어 나왔다.

"녀석, 이 아비를 이긴 것이 그리도 좋으냐?"

"그럼 기쁘다마다요. 이제 아버지도 아시겠죠? 저랑 바율이 힘을 합치면 무적인 거!"

"바일, 오늘 전략은 형이 거의 다 짠 거잖아. 난 별로 한 것도 없는데."

"무슨 소리야, 바율! 네가 있으니까 내가 할 수 있었던 거야. 나 혼자였으면 어림도 없었을걸?"

그건 아닌 것 같다며 반박하려는 바율에게 바일은 불쑥 이마를 맞대며 강조했다.

"그러니까 꼭 건강해져야 해. 앞으로도 우린 모든 걸 함께할 거니까. 알겠지?"

…내가 그럴 수 있을까?

이미 그때 바일은 바율보다 모든 면에서 한참 앞선 상태였다. 그랬기에 바율은 선뜻 그러겠다고 답할 수가 없었다.

하지만 세월이 흐른 지금은 많은 게 바뀌었다. 바율은 건

강하게 몸을 회복하였지만, 바일은 불의의 사고로 죽고 말았다. 그의 형은 물에 빠진 자신과 로건을 구하고 나서 급류에 휩쓸려 떠내려갔다. 강 하구에서 시체를 찾았고, 장례까지 치렀다.

분명 그랬는데.

왜 형이 제 눈앞에 있는 걸까?

왜 저 나무 위에서 자신을 보며 웃는 거지?

그것도 사고가 났던 열네 살, 당시의 모습으로.

2.

바율은 심각하게 현실감이 떨어지는 작금의 상황이 도저히 믿기지가 않았다. 그래서 두 눈을 계속해서 깜박여 봤지만, 바일은 사라지지 않았다.

돌연 심장이 미친 듯이 두방망이질 쳤다. 애써 정신을 차리고 무어라 말을 하려 했지만, 입술만 달싹거릴 뿐 소리가 쉬이 나오질 않았다.

"안녕, 바율. 우리 오랜만이지?"

그런 바율의 심정을 충분히 이해한다는 듯, 바일이 먼저 인사했다. 한순간도 잊지 못했던, 너무나 그리웠던 형의 목소리였다. 바율은 울컥했지만, 묻지 않을 수 없었다.

"…정말 형이야?"

"응, 나야."

"꿈 아니고?"

재차 묻는 바율을 향해 바일이 나뭇가지에서 훌쩍 뛰어내렸다. 그러곤 동생의 앞에 다가와 섰다.

"키가……."

"네가 자란 거야."

무심코 내려다보던 바율의 눈동자가 크게 떠졌다. 여전히 환하게 웃고 있지만, 그런 형의 두 눈에 눈물이 맺혀 있었기 때문이다.

"보고 싶었다."

다시는 헤어지지 말자는 듯, 자신보다 커져 버린 동생의 허리를 바일이 꽉 끌어안았다.

"형……."

어린 시절 바일은 바율 앞에서 절대 눈물을 보이는 법이 없었다. 고작 몇 분 먼저 태어났다는 이유로 형이 되어 버린 그는 저와 달리 몸이 약한 동생을 챙기느라 늘 강한 척, 씩씩한 척 굴었었다.

그런 형이, 바율의 품에서 울고 있었다.

허리에 감긴 팔과 가슴에 와 닿는 얼굴에서 진한 떨림이 느껴졌다.

이렇게…… 이렇게나 작았었어?

친구들 사이에서는 바율의 키가 그리 큰 편이 아니었지만, 그렇다고 또래에 비해 작은 것도 아니었다.

3년. 아니, 이제 곧 새 학기가 시작되면 바율은 열여덟 살이 될 것이다. 그러면 그와 그의 형 사이엔 4년이라는 세월의 간극이 존재하게 된다. 그리고 그 차이는 앞으로 점점 더 벌어지겠지.

자신보다 작아진 형.

열네 살에서 성장이 멈춰 버린 바일의 모습을 본 바율은 무어라 형용하기 어려운 감정과 맞닥뜨렸다.

그래서 형을 마주 안아 주지도 못했다. 그저 딱딱하게 굳은 채 바일의 정수리를 한참 동안 내려다보고만 있었다.

그렇게 얼마나 있었을까.

흐느낌이 점차 사그라들었다. 바율이 여전히 뭐가 뭔지 모르겠다는 표정인 반면, 바일은 서서히 안정을 찾아갔다.

그러던 그가 동생에게서 한 걸음 물러나더니, 다정하게 이름을 불렀다.

"바율."

"……."

"아직도 내가 네 눈앞에 있다는 게 안 믿겨?"

"응, 꿈같아…… 깨고 싶지 않은 꿈."

멍하니 대꾸하는 바율의 머리칼을 바일이 웃으며 장난스럽게 흐트러뜨렸다.

"바보. 이래도 내가 가짜 같아?"

"형은…… 형은 죽었잖아……."

새삼 그 사실을 입으로 내뱉자 바율의 눈이 순식간에 물기로 차올랐다.

바율은 자신이 환영을 보고 있다고 확신했다. 그게 아니라면 지금 이 상황을 달리 설명할 길이 없었기 때문이다.

한순간에 달라진 풍경, 그곳에 난데없이 나타난 어릴 적 형의 모습.

혹시 귀에 찬 망각의 기쁨이 장난을 치는 것은 아닐까?

누구보다 현실이길 간절히 바라면서도, 바율은 의구심을 쉬이 버리지 못했다. 사고가 났던 그 날부터 지금껏 바라고 바라 왔던 일이기에 더욱 믿기 어려웠다.

"인간계에선 그렇게 생각할 수밖에 없었겠지."

"…인간계에선? 그럼 이곳은 인간계가 아니라는 소리야?"

"여기는 정령계야. 더 정확하게 말하면 세계수의 공간이지."

"세계수의 공간이라니?"

울먹거리던 것도 잠시. 바율의 고개가 기울어졌다. 정령계도 정령계지만, 세계수의 공간이란 게 무엇인지 좀처럼 이해가 가지 않은 탓이다.

"세계수는 자연계의 중심축이 되는, 아주 중요한 나무야. 정령이 인간계의 자연을 조율하는 데 없어서는 안 될 중추적 역할을 담당하고 있지. 그래서 특별히 더 신경 써서 관리해야만 했고, 이렇게 따로 공간이 주어진 거야."

"그럼 정말로…… 세계수를 창조한 게 주신이 아니라 정령왕들이었단 말이야?"

"맞아. 그 증거로 바율, 너도 만들어 냈잖아. 세계수는 자연계의 안정을 위해 꼭 필요해. 정령계의 복원을 위해서도 마찬가지고. 그래서 세계수의 창조는 본격적으로 일을 진행하기에 앞서 반드시 거쳐야만 하는 과정이야."

바일은 전대 정령왕의 기운을 품고 있는 바율보다도 아는 것이 많았다. 죽은 줄로만 알았던 형에게서 이런 사실들을 듣고 있는 작금의 상황이 바율은 놀랍기도 하면서 조금은 기가 찼다.

"바율. 나도 그렇지만, 어머니께서 정말 자랑스러워하고 계셔."

"…어머니? 형, 지금 어머니라고 했어?"

바율은 하마터면 비명을 지를 뻔했다. 세계수에 대해 애기하다 말고 갑자기 어머니라니. 생각지도 못한 순간 튀어나온 그리운 단어이니 그럴 만도 했다.

그러고 보니 조금 전 형은 이곳이 정령계라고 말했다.

그럼 형이 여태껏 어머니와 함께 이곳에서 지냈다는 뜻인가?

어떻게?

형은 죽은 게 아니었나?

혼란스러움에 바율이 부르르 몸을 떨자 바일의 따뜻한 손이 다시금 동생을 감싸 안았다.

"나는 죽지 않았어, 바율. 어머니께서 살려 주셨거든."

"어, 어머니가?"

"그 펜던트가 정령계와 통하는 문이라는 건 알고 있지?"

이미 일전에 어머니께 들은 말이었기에 바율은 얼결에 고개를 끄덕였다.

"내가 위험에 처한 걸 감지하신 어머니께서 그 펜던트를 이용해 강제적으로 힘을 내보내셨어. 어떻게든 날 살리시고자 무리하게 기운을 사용하셨지."

바일은 잠시 슬픈 눈빛을 지었다가 말을 이었다.

"당신께서 하실 수 있는 모든 힘을 동원해서 내 혼을 여기 정령계로 끌어오신 거야. 덕분에 난 육체는 잃었지만, 이렇게 정신은 말짱하게 살아갈 수 있었고."

"그게…… 가능해?"

"내가 완전한 인간이었다면 불가능했겠지. 하지만 우린 정령인 어머니의 피를 이어받은 몸이잖아? 게다가 넌 전대 정령왕들의 기운을 모두 품고 있어. 난 그런 바율, 너와 태어나면서부터 14년을 함께 했고."

쌍둥이 중 바율에게 전대 정령왕들의 힘이 몽땅 쏠려 들어갔지만, 바일에게도 그 영향이 전혀 미치지 않은 것은 아니었다.

"불가능한 상황 속에서, 정말 기적적으로 행하신 일이었어."

"난…… 나는 몰랐어."

뒤늦은 놀라움이 바율의 머릿속을 강타했다.

형은 죽지 않았다.

어머니께서 놀라운 힘으로 형을 살리고 지금껏 정령계에서 함께 지냈다.

비록 육체적 성장이 멈춘 열네 살의 모습이지만, 이제껏 죽은 줄로만 알았던 바일이 살아 있음에 바율은 온몸에 전율이 일었다.

"다행이야! 형, 정말 다행이야!"

꿈이 아니란다. 형은 진짜였다. 바율은 자신도 모르게 함성을 내지르며 바일을 얼싸안았다. 생생한 촉감이 이제야 전해지며 눈물이 수도처럼 속절없이 쏟아졌다.

"어머니는 어디 계셔?"

그러다 정령계에 계신 어머니가 떠올랐다.

"왜 형 혼자만 있는 건데? 어머니도 뵙고 싶어!"

세계수의 공간은 정령계에 있는 거라고 하였으니, 바율은 당연히 어머니 또한 볼 수 있을 거라고 여겼다.

하지만 바일은 어째선지 돌연 미안한 표정을 지었다.

"어머니는 이곳에 들어오실 수 없어."

"뭐? 그게 무슨 소리야? 여기가 정령계라면서!"

"정령계 중에서도 세계수의 공간이라고 했잖아. 이곳은 관리자만이 드나들 수가 있거든."

"…관리자?"

또다시 이해할 수 없는 말이었다. 그에 바율이 인상을 찌푸리려는 찰나, 별안간 어떤 정보들이 마구잡이로 그의 뇌리에 빽빽이 들어찼다.

그것은 마치 기억의 조각과도 같았다. 엘레오스와의 만남으로 한 단계 더 각성했던 바율이, 세계수와 접촉하며 생긴 작은 변화라고 할 수 있었다.

그리고 그 과정에서 바율은 세계수의 진정한 능력과 그것이 뜻하는 바에 대해서도 깨달을 수 있었다.

"세계수의 의미가…… 이런 거였어?"

세계수의 존재를 한마디로 축약해서 말하자면, 정령계를 복원시키기 위한 바로 전 단계, 그러니까 무조건 선행되어야 할 조건이나 마찬가지였다.

이노센트와 셰임, 그리고 템페스타와 스피넬.

이들 넷이 정령왕이 되기 위한 발판이라고 해야 할까?

세계수만의 특별한 관리자가 필요하고, 그 관리자만이 세계수의 공간에 출입할 수 있다는 것은 그만큼 여기가 특수하고 중요한 장소라는 뜻이었다.

"내가 이곳에 들어올 수 있었던 건…… 정령왕들의 기운 때문이었네. 형에게 관리자의 자격을 부여하기 위해 그때처럼 잠시 통로가 열린 거였어……."

짧았던 어머니와의 만남.

바일과도 곧 그렇게 헤어져야만 한다는 걸 바율은 직감으로 알아차렸다.

"맞아. 세계수의 공간에 관리자를 제외하고 들어올 수 있는 자는 정령왕들뿐이니까."

"그런데 말이야."

바율은 문득 이상한 점을 발견했다.

"왜 형이지? 어머니가 아니고?"

현재 정령계엔 형을 제외하고도 어머니가 계셨다. 둘 중 어머니가 아닌 바율이 관리자가 된 까닭은 무엇일까.

나와 쌍둥이라서?

알게 모르게 14년을 함께 보냈기에?

아니, 그런 식으로 따지면 어머니는 훨씬 더 오랜 세월을 정령왕들과 함께 하셨다.

'설마…….'

불현듯 조금 전 형을 살리고자 어머니께서 무리하게 힘을 사용하셨다는 말이 떠올랐다. 그때 바일의 눈빛은 흔들리고 있었다.

"형, 어머니는? 어머니는 잘 계신 거야?"

"…응."

역시 태도가 뭔가 수상쩍다.

"사실대로 말해 줘. 건강하신 건지, 아닌지."

"그냥 좀…… 아프셔."

대답하길 꺼리던 바일은 결국 시선을 내리깔며 사실을 털어놓았다. 그러다 얼른 덧붙였다.

"그래도 크게 걱정할 정도는 아니야. 어머니 말씀이, 정령계가 복원되면 금방 기운을 회복하실 수 있을 거라고 했어!"

"…거짓말 아니지?"

"그럼. 정말이고말고. 내가 거짓말하는 거 봤어?"

바율은 단 한 번밖에 만나지 못했던 어머니였다. 꿈에서

만 그리던 어머니를 뵙고 얼마나 심장이 두근거렸던가.

말씀을 아끼시지만, 아버지도 어머니와의 만남을 손꼽아 기다리고 계신다. 거기에 이제 바일까지 나타났으니, 가족 모두가 살아 있다는 걸 확인한 셈이다.

바율은 새삼 감격에 벅찼다.

아버지와 어머니, 형, 그리고 본인까지. 이렇게 넷이 전부 함께할 수 있는 날이 올 거라고는 상상도 하지 못했었기 때문이다.

더욱이 어머니께서 홀로 외롭게 정령계에서 버티고 계신 게 아니었다는 것에 깊은 안도감이 느껴졌다. 형이 죽지 않고 살아 있어 주어서 정녕 다행이었다.

"바율, 내가 보고 싶으면 언제든 세계수를 찾아."

어느덧 바일의 모습이 시야에서 점점 흐려지기 시작했다.

"지금처럼 얼굴을 마주하고 얘기하기는 어려워도, 서로를 느낄 순 있을 거야. 세계수도 인간계와 정령계를 잇는 통로라고 할 수 있거든."

이젠 양쪽 세계에 자리하고 있으니, 어쩌면 정말 그럴 수도 있겠다.

"육체가 없는 내겐 세계수가 내 몸과 같아. 열심히 관리해서 정령계가 하루라도 빨리 복원될 수 있도록 도울게."

바일은 그게 관리자가 된 자신의 임무라고 생각했다. 어쩌면 그 일을 하기 위해 바율과 헤어지게 된 것일지도 모른다.

"아버지께 안부 전해 줘."

그 말을 끝으로, 바일은 흡사 신기루처럼 바율의 눈앞에서 사라졌다. 꿈만 같았던 만남이 단박에 끝난 뒤, 바율은 또다시 공간 이동이라도 하듯 현실로 돌아왔다.

3.

"바율!"

"너 대체 어디 갔다 온 거야!"

갑자기 없어졌다가 다시 나타난 바율을 보고 친구들이 소리를 지를 때였다.

"엇! 꼬, 꽃들이 움직여!"

"안에서 뭔가 나오는 것 같아!"

별안간 세계수의 꽃잎들이 전부 부화라도 하듯 활짝 벌어졌다. 그리고 그곳에서부터 웬 날개 달린 작은 생명체가 하나둘 솟아났다.

"뭐, 뭐냐, 저게?"

당황하는 일행들 사이에서 놀라지 않는 건 마황과 데스가 유일했다. 그들은 외려 흥미롭다는 듯 휘파람을 불며 지켜보고 있었다.

"저건 페어리야."

"페어리?"

그게 뭐냐는 듯 친구들이 돌아보자 일라이가 다소 흥분한 말투로 설명했다.

"진귀한 사물이나 생물에 깃들어 사는 존재들이야. 어떻게, 어떤 방식으로 생겨나는지는 여태 알려진 바가 없었는데, 저렇게 탄생하는 거였나 봐."

일라이는 세계수의 꽃잎에서 좀처럼 눈을 떼지 못했다. 드래곤인 녀석이 이렇게 뭔가를 보고 신기하게 여기는 것은 거의 처음 있는 일이었다.

"페어리는 그들만의 방법으로 소중한 걸 지켜 내지. 이제 세계수는 걱정할 필요가 없겠어."

"그러게. 세상에서 완전히 사라진 줄 알았는데, 난데없이 여기서 보게 될 줄이야."

두 마족 형제는 조금은 어이없다는 듯 피식거렸다.

"역시 이래서 세계수인 건가."

모든 생명의 씨앗이 생겨난 근원이니만큼 납득은 충분히 되고도 남았다.

"셰임이야!"

그때, 일행의 시야에 셰임의 모습이 잡혔다. 그는 세계수의 풍성한 나뭇가지 아래에서 기분 좋은 미소를 머금은 채 위를 올려다보고 있었다.

"셰임만이 아니야. 전부 다 왔어."

페어리에 시선을 뺏긴 나머지 알아차리는 게 조금 늦었다. 셰임뿐 아니라 이노센트와 템페스타, 그리고 스피넬까지. 사대 정령 모두가 세계수의 주변을 맴돌고 있었다.

평소와 다른 점이라면 각기 개성 강한 그들이 다 같이 약속이라도 한 듯 비슷한 표정을 짓고 있다는 것이었다.

반가움…… 혹은 그리움이라고 해야 할까?

자세한 사정이야 모르겠지만, 녀석들에게선 어떤 애틋함마저 느껴졌다.

"깨, 깨어났다!"

세계수의 꽃잎에서 태어난 페어리들은 잉그리드보다도 작았다. 외형은 인간과 매우 흡사했고 등에는 두 쌍의 투명한 날개가 달려 있었다. 그들은 마치 오랜 잠에서 깨어나기라도 한 양 기지개를 켜며 눈을 떴다.

"삐욕!"

그 순간 갑자기 에이단의 정수리에 앉아 있던 잉그리드가 짧은 울음을 토하며 날아올랐다.

"끄륵!"

에이단의 손을 꼭 붙들고 있던 티미까지 손을 놓으며 세계수 앞으로 달려갔다.

"잉그리드! 티미! 이리 와!"

당황한 에이단이 다급히 불러봤지만 둘의 귀에는 들리지 않는 것 같았다.

분위기상 페어리가 녀석들에게 해코지를 할 것 같지는 않았지만, 어쨌든 에이단에겐 생소한 생명체였다. 걱정이 드는 것은 당연했다.

그러나 그런 에이단의 염려를 비웃기라도 하듯, 다가가는 두 녀석을 보며 페어리들이 까르르 웃음을 터뜨렸다. 낯선 존재가 신기하기는 그들도 마찬가지인지, 잉그리드와 티미의 주위를 바쁘게 오가며 저들끼리 무어라 속닥거렸다.

무슨 말들을 주고받는지는 테이머인 에이단도 알아들을 수 없었다. 하지만 분명한 건 그들이 한순간에 친구가 되었다는 것이다.

"보기 좋네."

"어."

그렇게 세계수를 중심으로 장관이 펼쳐졌다.

거대한 나무를 축으로 사대 정령과 수많은 페어리들, 거기에 잉그리드와 티미까지 합세해서 어우러진 풍경은 까만 밤을 배경으로 너무나 아름답게 빛났다.

일행은 한참이나 넋을 잃은 채 그 광경을 바라보고만 있었다.

"…바율?"

그 와중에 바율이 울고 있다는 걸 가장 먼저 발견한 건 퀸이었다.

퀸은 세계수에서 뻗어 나오는 놀라운 힘에 압도당한 상태였다. 손에 끼고 있는 대양의 눈을 통해 전해지는 물의 기운이 실로 엄청났기 때문이다.

그것은 자연스레 조금 전 바율이 사라졌던 일과 절대 무관하지 않을 거란 생각으로까지 이어졌다.

본능적으로 정령계의 복원이 가까워진 것이라 짐작하며 습관처럼 바율을 살피던 퀸은 울고 있는 녀석의 모습에 그만 가슴이 철렁했다.

"너 뭐야? 왜 우는 건데?"

퀸은 한달음에 바율에게로 성큼 걸어왔다. 그리곤 본인의 커다란 손으로 바율의 뺨을 적시는 눈물을 닦아 내며 걱정스레 물었다.

"퀸……."

내가 형을 만났어.

형이 죽지 않고 살아 있었어.

어머니와 지금까지 정령계에서 함께 있었대.

이 말을 해야 하는데, 목이 메어서 말이 나오지 않았다. 누군가 목구멍을 송곳으로 찌르는 것처럼 따끔거렸다.

"바율, 숨 쉬어. 차분하게."

바율에게 일어난 일을 상상조차 하지 못하는 퀸이지만, 적어도 녀석의 상태가 심각하다는 사실만은 눈치챌 수 있었다. 그가 자신을 따라 하라는 듯 크게 호흡하며 바율을 진정시켰다.

"바율, 무슨 일이야?"

"왜 그래? 어?"

그제야 사태를 파악한 친구들이 몰려들었다.

"페어린지 뭔지, 이것들이 생긴 게 안 좋은 거야?"

"세계수에 문제라도 발생했어?"

현 상황에서 그들이 할 수 있는 가장 합리적인 추리였다.

"아니……."

그러나 바율은 천천히 고개를 저었다.

"그게 아니야……."

눈물이 잦아들긴 했지만, 바율은 여전히 숨을 헐떡거렸다.

친구들은 물론이고, 마황과 데스, 함께 온 이언과 사다드, 가르디엥까지 그런 바율을 보며 긴장했다. 무슨 말이 튀어나올지 다들 녀석의 입술을 주목했다.

잠시 후, 겨우 평정을 찾은 바율이 마침내 말문을 열었다.

"형이…… 형을 봤어."

"…형이라니? 무슨 형?"

"설마 네 쌍둥이 형, 바일을 말하는 거야?"

친구들은 어리둥절했다. 3년 전 물에 빠져 죽었다는 형을 갑자기 어디서, 어떻게 봤다는 것인지 당최 이해할 수가 없었다.

"로건."

바율은 무심결에 로건을 불렀다. 형제인 자신을 빼고 바일과 제일 친했던 건 로건이었다. 녀석은 저로 인해 바일이 죽었다는 죄책감까지 갖고 있었다.

아니나 다를까.

바율이 바일을 거론한 것만으로도 로건의 얼굴은 하얗게 질려 있었다. 그는 바율에게 가까이 서지도 못한 채 피가 나도록 입술만 깨물었다.

"로건."

바율은 다시 한번 로건의 이름을 입에 담았다.

"형이…… 바일이 살아 있었어."

"…뭐라고?"

"바일이 죽지 않았다고. 내가 방금 만나고 왔어."

"그, 그게 무슨 소리야? 바일이 어떻게……?"

로건에게 단 한 가지 소원이 무어냐고 묻는다면, 그는 망설임 없이 바일이 죽었던 날로 되돌아가는 것이라고 답할 수 있었다. 그래서 할 수만 있다면 그가 대신 죽고 싶었다. 그래야만 자신이 저질렀던 끔찍한 거짓말의 대가를 치를 수 있다고 생각했다.

"어머니께서 살려 주셨어. 정령계에 계신 어머니께서 형을 구해 주셨다고!"

말로 뱉고 나니 바율도 이제야 비로소 실감이 났다. 세계수의 공간에서 형을 만났을 땐 너무 놀라서 정신이 없었다.

바일이 죽지 않고 살아 있다는 사실에 기뻐하며 끌어안고 눈물도 흘렸지만, 그것을 오롯이 받아들이는 데는 꽤 시간이 필요했다.

뒤늦게 현실 감각이 들었다고 해야 할까.

자신과 달리 열네 살의 모습에서 성장이 멈춘 바일이지만, 바율에게 그는 여전히 세상에 하나뿐인 소중한 형이었다.

"바율, 자세히 얘기해 봐. 네 어머니께서 뭘 어떻게 하신 건데?"

"네 형이 정말로 살아 있는 게 맞아?"

"도련님, 그게 정녕 사실입니까?"

친구들과 사다드의 재촉에 바율은 조금 전, 자신에게 일어났던 놀라운 경험을 빠르게 털어놓았다.

"그, 그러니까…… 이 세계수가 네 형이나 마찬가지라고?"

"세계수의 관리자가 되었단 말이야?"

"대애박!"

"너무 잘된 일인데…… 도무지 믿기지가 않아."

"바율……."

이야기를 다 듣고 난 친구들은 저마다 놀라움을 감추지 못했다.

왜 아니겠는가. 이제껏 죽은 줄로만 알았던 바율의 형이 살아 있었다. 그것도 무려 정령계에서 어머니와 함께.

녀석은 바일이 죽은 뒤 오랜 시간 마음의 병을 품고 지냈다. 한데 그런 형이 갑자기 세계수의 관리자가 되어 나타났으니, 조금 전 바율이 어떤 심경이었을지 그들로서는 감히 짐작할 수도 없었다.

"로건?"

그러나 한 사람. 로건만은 아무런 말이 없었다. 그는 마치 사고 회로가 정지라도 된 양 창백한 낯빛으로 가만히 서 있을 뿐이었다.

호흡조차 잊은 것 같았다. 로건의 황금색 눈동자가 무참하게 흔들렸다.

"로건……."

바율은 형의 소식을 들으면 로건이 기뻐할 줄 알았다. 바일이 죽지 않고 살아 있다는 것을 알면 틀림없이 반가워할 거라고 생각했다.

그런데 마주한 로건의 얼굴은 오히려 더 괴로움에 차 있었다. 여전히 죄책감에서 조금도 벗어나지 못한 그의 모습에 바율은 어떻게 해야 할지 몰라 당혹스러웠다.

"바일……."

로건의 이상 반응에 친구들도 어쩔 줄 몰라 서로 눈치만 살필 때, 별안간 로건이 세계수를 향해 휘적휘적 다가갔다. 그리곤 아주 소중한 무언가를 대하듯 나무 기둥에 천천히 손을 가져다 댔다. 그 동작이 일견 거룩하기까지 해서 아무도 입을 열 수 없었다.

"…미안해."

한참을 말없이 그렇게 서 있기만 하던 로건이 처음으로 꺼낸 말은 역시나 미안하다는 사죄의 말이었다.

"널…… 너를 그렇게 보내서 미안해."

그리고 언제부터였을까.

로건의 눈에서도 눈물이 폭포수처럼 쏟아졌다. 녀석은 이내 오열하며 무너졌고, 모든 게 자신의 잘못이라며 다시금 바일에게 용서를 빌었다.

저간의 사정을 모르는 라나사를 비롯한 사람들은 로건의 행동을 이해할 수 없었지만, 바율과 친구들은 로건에게 감정 이입이 될 수밖에 없었다.

멈췄던 눈물이 재차 바율의 볼을 타고 흘러내렸다. 에이단과 일라이도 콧물을 훌쩍였고, 퀸은 양 주먹을 세게 그러쥐었다.

"응?"

그때, 갑작스레 세계수의 나뭇잎들이 하늘거렸다.

"…바람인가?"

잠잠하던 세계수의 움직임에 모두 순간 고개를 갸웃했지만, 바로 깨달았다. 추운 겨울밤임에도 옥상 주변은 기이할 정도로 바람 한 점 불지 않았다.

오로지 페어리들의 자지러진 웃음소리와 로건의 흐느낌만이 들릴 뿐이었다.

"바람이 아니야."

바율은 알 수 있었다.

"형이야. 형이 말하고 있어."

로건, 난 괜찮아.

네 잘못이 아니야.

역시나 바일도 로건을 원망하고 있지 않았다. 오히려 세계수를 통해 로건을 위로하고 있었다.

"얘들아, 로건 좀 부탁할게."

바율은 대충 손으로 얼굴을 닦아 내며 말했다.

"왜, 어디 가려고?"

"아버지께 알려 드려야지."

"아."

놀란 나머지 미처 거기까진 생각하지 못했다. 걱정 가득한 표정으로 자신을 보고 있는 친구들을 향해 바율은 부러 환한 미소를 지어 보였다.

"금방 다녀올게."

바율은 그 말을 남기고 곧장 날아올랐다. 기분 탓일까. 어쩐지 몸을 사용하는 게 전보다 훨씬 가벼워진 느낌이었다.

Chapter 7.
진정한 안식

1.

저녁 식사를 마친 란데르트 공작은 평소와 달리 서재에 머물러 있었다. 보통 이 시각엔 개인 연무장에서 홀로 수련에 임하는 게 그의 일상이었지만, 오늘은 멍하니 앉아 창밖을 바라볼 뿐이었다.

비가 내리지 않는, 달빛도 그리 밝지 않은 평범한 밤이었다. 그러나 창가를 향한 공작의 눈빛은 가련할 정도로 많은 것들이 담겨 있었다.

"영주님, 포도주 좀 드시겠습니까?"

커닝 집사가 조용히 다가와 따뜻하게 데운 포도주 한잔을 탁자에 내려놓았다.

본디 공작은 술을 즐기는 편이 아니었다. 그것을 오래도록 해밀턴 본성의 집사장을 맡고 있는 커닝 집사가 모를 리 없었다.

하지만 그는 이맘때면 공작에게 늘 지금처럼 포도주를 건넸다. 자신의 주인에게 그 어느 때보다 술이 필요한 시기임을 알기 때문이었다.

곧 있으면 바율 도련님의 생일이었다. 그날은 그의 주인이 아내를 잃은 날이자, 첫째 아들을 지켜 내지 못했다는 자책감을 더욱 상기시키는 때이기도 했다.

이베트가 정령계에 살아 있다는 사실을 이제는 알고 있지만, 그렇다고 당시의 충격이 완전히 사라진 것은 아니었다.

아내가 눈앞에서 희미해져 가던 당시의 잔상은 아직도 공작의 머릿속에 선명하게 남았다.

정령계가 복원되고 이베트를 만나면 점점 희석될 기억일 테지만, 그래도 바뀌지 않는 사실 하나가 있었다.

바일.

누구보다 총명했던 그의 아들.

녀석은 제 어미처럼 다시 살아 돌아올 수 없었다. 그걸 바라기엔 끔찍한 몰골의 시체를 직접 보고, 묻어 주기까지 했다.

자신의 부주의함으로 그들의 보물과도 같았던 아이를 잃고 말았다.

해밀턴의 긴 겨울은 란데르트 공작에게 그리움이 폭발하는 시간인 한편, 고통의 나날이기도 했다.

"고맙네."

란데르트 공작은 커닝 집사에게 짧게 고마움을 전한 뒤 포도주를 천천히 한 모금 들이켰다.

이베트가 좋아하던 포도주였다.

달고 쌉싸래한 맛이 목구멍을 타고 넘어가자 그는 저절로 옛 추억에 잠겼다.

2.

란데르트 백작이 아내의 임신 소식을 접한 건 연합군과 더불어 드와이어트 제국과의 대규모 전투를 막 시작했을 무렵이었다.

온몸에 피 칠갑을 한 채 막사로 들어서는 그에게 수하가 편지 한 통을 내밀었다. 해밀턴에 있을 이베트에게서 온 서찰이었다.

백작은 목욕은커녕 갑옷을 벗는 것도 잊은 채 아내의 서

신부터 급히 떴었다. 그러잖아도 밤마다 잠을 이루지 못하고 있었다. 눈을 감으면 저절로 떠오르는 그녀의 미소가 그를 괴롭혔다.

당장 달려가 안고 싶은 충동을 억제하기 위해 자다가도 수십 번을 깨어나 찬물로 세수하기가 일쑤였다.

제국의 총사령관으로서 항시 최고의 검술 실력과 뛰어난 전략으로 드와이어트와의 전쟁을 승리로 이끄는 백작이었다. 그런 그가 밤마다 괴로움에 몸부림을 친다는 건 아마아무도 모를 것이다.

아내가 곁에 없었을 땐 대체 어떻게 살았었나 싶었을 만큼 백작에겐 하루하루가 너무나 외롭고 지독했다.

　　바세리스.

　　당신에게 처음으로 쓰는 편지네요.

　　이곳에서 제국군의 승리 소식을 들을 때마다 제가 얼마나 기쁜지 모를 겁니다.

　　매일 밤 당신이 무사하길 기도하며 잠이 들어요.

　　다음에 제가 쓸 말이 당신에게 더욱 큰 힘이 되었으면 하는 바람입니다.

　　당신과 나의 아이를 가졌어요.

　　사제님 말씀이 쌍둥이래요.

두 녀석 모두 당신을 닮으면 좋을 것 같아요.

아이들이 태어나기 전에 당신이 돌아오길 기도할게요.

당신은 강한 사람이지만, 그래도 늘 조심하는 거 잊지 마시고요.

전 언제나 당신을 애타게 기다리고 있답니다.

사랑을 담아서, 당신의 아내 이베트가

"아이……?"

부끄럽게도 란데르트 백작으로서는 상상도 하지 못했던 내용이었다. 서찰을 열기 전 그가 떠올렸던 말들이라곤 고작 그녀 역시 자신을 그리워하고, 보고 싶어 한다는 내용 정도가 다였다.

"하아!"

아이라니.

그것도 쌍둥이라니.

백작은 제게 생긴 놀라운 변화에 순간 얼이 나가 의자에 털썩 주저앉았다. 조카가 태어났을 때와는 전혀 다른 기분이었다.

무언가가 속에서 북받쳐 올랐다. 이게 대체 무슨 감정인지 말로는 설명할 길이 없었다. 다만 분명한 건, 지금 이 순간 아내를 꼭 끌어안고, 고맙다고 얘기해 주고 싶은 심정이라는 것이었다.

그런 쪽으론 영 지식이 없긴 하지만, 아기를 갖는다는 건 매우 위대하며 축복받을 일이었다. 그러나 임부에게는 퍽 고되고 힘든 시간이 될 터였다.

그 시기를 아내 혼자 버티게 할 수는 없었다.

란데르트 백작의 손등에 굵은 힘줄이 몇 가닥 돋아났다.

이베트는 물론, 누구도 몰랐을 터였다. 그녀의 편지는 백작으로 하여금 전쟁을 빨리 끝내야만 할 엄청난 계기로 작용했다.

그는 금번 전투가 끝나려면 반년은 족히 걸릴 것이라는 세간의 예상을 무참히 깨 버리고, 석 달이라는 기간 만에 개선장군이 되어 제국으로 복귀했다. 오로지 홀로 있을 아내와 태어날 쌍둥이를 위해서.

"바세리스!"

란데르트 백작이 대승리를 거두고 해밀턴으로 돌아왔을 때 이베트의 배는 이미 꽤 불러 있는 상태였다. 그녀는 예상보다 일찍 돌아온 남편을 보고 무척 기뻐하며 즐거워했다.

그에 반해 백작은 임신 소식을 처음 알았을 때의 마음과 달리 선뜻 아내에게 달려가지 못했다. 속으로는 백 번이고 천 번이고 그녀에게 입맞춤을 하고 싶었지만, 달라진 이베트의 모습이 불현듯 경각심을 들게 하였다.

행여나 자신으로 인해 아이가 잘못되기라도 하면 어쩌나 하는 걱정이 든 것이다.

이베트가 아이를 가졌다는 건, 곧 란데르트가의 후계자가 탄생하리라는 의미와도 같았다. 그 때문에 그것은 전쟁터에서도 큰 화젯거리였고, 자식이 있는 귀족이나 수하들은 이따금 그들의 경험담을 말해 주고는 했다.

좋은 말들이 대부분이었지만, 개중 유산에 대한 이야기를 처음 들었을 때 백작은 그만 머릿속이 하얘졌다. 특히나 쌍둥이는 위험할 수 있다며, 각별히 주의를 기울여야 한다는 충고도 줄줄이 이어졌다.

제국, 나아가 대륙에서 가장 강한 사내라 불리는 란데르트 백작에게도 두려운 것은 있었다.

"…바세리스?"

이베트의 고개가 모로 기울어졌다. 항상 어딘가를 갔다 오면 온몸으로 자신을 안아 주던 남편이었다. 그런데 지금은 어째선지 가까워지기를 꺼리는 느낌이었다. 피하는 듯하기도 했다.

"무슨 안 좋은 일이라도 있었어요?"

이베트는 내심 서운했지만, 남편에게 먼저 다가가며 다정하게 물었다.

"아니."

아내의 걱정하는 기색에 란데르트 백작은 재빨리 부정했다.

"그냥, 좀 겁이 나서……."

"겁이라니요? 어떤 게요?"

이베트의 아름답고 순진한 파란 눈망울에 드디어 백작의 얼굴이 들어찼다.

"너무 보고 싶었어요."

그녀는 여전히 애정을 표현하는 데 주저함이 없었다. 손을 들어 못 본 사이 까칠해진 남편의 뺨을 쓰다듬는 손길이 한없이 부드러웠다.

"…임신을 하면 힘들다고 들었어. 당신은 거기에 쌍둥이까지 가졌으니 더 고단했겠지…… 미안해. 좀 더 빨리 왔어야 했는데."

"나 하나도 안 힘들어요. 배가 조금 나온 점만 빼면 달라진 것도 없는걸요. 바세리스는 지금 제가 힘들어 보여요?"

"…아니."

그러고 보니 그리 보고 싶던 그녀를 자세히 살필 겨를도 없이 무작정 걱정부터 늘어놓았다. 이베트는 그가 전쟁터에서 들었던 말들이 전부 거짓말처럼 느껴질 만큼 건강하고 활기차 보였다.

"그럼 이제 그만 나 좀 안아 줄래요?"

백작을 올려다보며 이베트가 환하게 미소 지었다. 매일 밤 꿈에서 보던 그 웃음이었다.

이 미소에는 도저히 당할 재간이 없었다. 란데르트 백작은 아내의 요구를 즉시 이행함과 동시에 그녀의 입에 뜨겁게 키스했다.

그렇게 며칠간 재회의 기쁨을 누리며 행복해하던 중, 고심하던 이베트가 어느 날 문득 말했다.

"형은 바일, 동생은 바율. 어때요?"

"좋아. 그런데 딸이 태어나면 어쩌려고?"

아내가 지은 건 사내아이에게나 어울리는 이름이었다. 썩 괜찮았지만, 응당 여자아이가 나올 확률도 고려해야 했기에 백작은 조금 의아했다.

"쌍둥이 형제예요. 전 알 수 있어요."

"너무 단정하는 거 아니야?"

"바세리스는 딸이면 좋겠어요?"

"아니, 그런 건 아니지. 아들이든 딸이든 우리의 소중한 아이니까."

란데르트 백작은 그녀의 이마에 입을 맞추며 말을 이었다.

"대신 아들이면, 그다음엔 꼭 딸을 낳자. 당신을 닮은 예쁜 아기로."

"네……."

수줍게 대답하는 아내의 얼굴을 사랑스럽게 내려다보며 백작은 그날이 어서 빨리 오기를 고대했다.

3.

"아버지!"

언제부터였을까.

포도주를 손에 든 채 옛 생각에 깊이 빠져 있던 란데르트 공작의 귀에 별안간 아들의 목소리가 들려왔다. 바율은 오늘 낮에 랑트로 떠났으니 당연히 이곳에 있을 리가 없었다. 그럼에도 지척에서 녀석의 기척이 느껴지자 공작은 흠칫했다.

"무슨 생각을 그렇게 하세요? 제가 오는 것도 모르시고."

이렇게 가까이 왔는데도 몰랐다는 건 아버지에겐 있을

수 없는 일이었다. 그에 바율이 걱정스러운 눈길로 쳐다보자 공작은 얼른 포도주를 손에서 내려놓으며 해명했다.

"좀 생각할 것이 있었다. 한데 네가 여기는 어쩐 일이냐? 세계수 문제는 잘 해결한 것이냐?"

"네, 그럼요."

아버지, 형이 살아 있습니다.

바율은 목 끝까지 그 말이 차올랐지만, 겨우겨우 참아 냈다. 아까처럼 흥분해서 바보같이 횡설수설하고 싶지는 않았기 때문이다.

놀라실 아버지를 위해서라도 최대한 차분하게 설명해 드리고 싶었다. 랑트에서 해밀턴으로 오는 동안 내내 그는 그 생각뿐이었다.

"아버지, 놀라지 마시고 잘 들어 주세요. 형을…… 바일을 만났어요."

"…누구를 만나?"

"세계수는 저희가 짐작했던 것 이상으로 대단한 나무였어요. 정령계가 복원되기 위해선 반드시 있어야만 하는 존재인데, 그런 세계수의 관리자가 바로 형이래요."

"나는 대체 네가 무슨 소리를 하는 건지 모르겠구나. 죽은 바일이 어떻게 그럴 수가 있다는 게냐?"

"어머니께서 형을 살리셨습니다."

"……!"

란데르트 공작은 순간 제 귀를 의심했다.

"네 어미가…… 이베트가 진정 바일을 구했단 말이냐? 네 형이 정녕 살아 있다고?"

공작은 발밑이 푹 꺼지는 듯한 충격에 휩싸였다. 도저히 믿을 수 없는 이야기였기 때문이다.

하지만 아들의 말이 계속될수록 그 의심은 이내 서서히 멀어졌다. 다만 갑자기 말하는 방법을 잊은 사람처럼 아무런 말도 할 수가 없었다.

아내가 살아 있다는 것을 알았을 때와는 천지 차이였다. 그의 눈으로 직접 시체를 확인하였기에 더욱 그러했다.

"바일……!"

목이 졸린 듯한 탁한 음성이 공작에게서 새어 나왔다. 그는 가까스로 그 한마디를 내뱉고는 그대로 무너져 내렸다.

4.

란데르트 공작은 거의 뜬눈으로 밤을 지새웠다.

마음 같아선 어젯밤에 당장 랑트로 달려가고 싶었지만, 그런 그를 막아선 건 다름 아닌 바율이었다. 아버지의 심정은 충분히 이해하나, 일단은 진정하시는 게 우선이라고 생각했기 때문이다.

바율은 이렇게까지 무너진 아버지의 모습을 본 적이 단한 번도 없었다. 입을 틀어막은 채 서럽게 우시는 아버지를 마주한 순간, 바율도 함께 울었다.

그리고 그제야 아버지께서 바일의 죽음에 자신의 짐작보다 훨씬 더 큰 죄책감을 갖고 계셨다는 사실을 깨달았다.

가타부타 긴 말씀은 없으셨지만, 바율은 알 수 있었다. 숨죽여 오열하는 아버지에게선 여러 감정이 느껴졌다.

바일이 정령계에 혼으로 남아 고군분투하고 있었다는 사실을 접한 공작은 전율했다.

그 누구라도 자식을 가진 이라면 그러할 것이다. 이제껏 죽었다고 여기며 가슴 속에만 품었던 아들이 살아 있다는데, 제정신일 수 있는 부모가 과연 몇이나 되겠는가.

눈물 그 이상의 많은 것을 밖으로 쏟아 낸 란데르트 공작은 속히 바일을 만나길 원했다.

자책감은 우선 뒤로 미루기로 했다. 지금 가장 중요한 건 그의 첫째 아들이 살아 있다는 것이었으니.

"날이 밝으면 떠나기로 해요, 아버지."

"난 한시가 급하다. 그 어린 게……."

공작은 재차 목이 메어 말을 잇지 못했다. 바일의 죽음은 그 자체로도 충격이었지만, 그보다 그를 괴롭게 한 건 당시 녀석이 받았을 고통과 두려움을 상상하는 일이었다.

그 어린 게 얼마나 무서웠을까.

또 얼마나 숨이 막히고 괴로웠을까.

그 생각만 하면 공작은 지금도 피가 거꾸로 솟는 기분이었다.

제국의 전설이라는 그가 정작 제 아들 하나 제대로 지켜 내지 못했다는 것이 참으로 우습지 않은가. 그때는 스스로가 살아 숨 쉬고 있다는 사실조차 경멸스럽고 수치스러웠다.

그런 그가 버틸 수 있었던 건 순전히 바율 때문이었다. 이베트에 이어 바일까지 잃었지만, 제게 남은 유일한 희망. 바율이 있었기에 공작은 그나마 여태 여기 이렇게 존재할 수 있었다.

녀석이 없었더라면 아마 그는 극단적인 선택을 했을지도 모른다. 그만큼 아내와 아들의 죽음은 다시는 겪고 싶지 않을 끔찍한 기억이었다.

"아버지. 바일은 이제 항상 그 자리에 있을 거예요. 형이 자기가 보고 싶을 땐 언제든 세계수를 찾으라고 했거든요. 그러니 우리 내일 일찍 가기로 해요. 지금은 시간도 너무

늦은 데다, 안정부터 좀 취하시는 게 좋을 것 같습니다. 형도 그런 아버지의 모습을 더 보고 싶어 할 거예요."

마지막 말이 란데르트 공작의 마음을 움직였다.

정신이 든 그는 그제야 자신이 아들 앞에서 너무 추태를 보였나 싶은 생각이 들었다.

바일과 마주하게 된다면 그야말로 수년만의 상봉이었다. 녀석을 만나면 또다시 흐트러질 게 뻔하지만, 공작은 바율의 말대로 호흡을 가다듬으며 흥분을 가라앉히려 애썼다.

물론 그럼에도 잠은 오지 않았고, 그는 새벽녘 동이 트기도 전에 바율을 재촉해서 급히 랑트로 출발했다.

말을 타고 달리는 란데르트 공작의 속도는 거의 하늘을 나는 바율의 빠르기와 맞먹는 수준이었다.

공작은 줄곧 앞만 보고 질주하였다. 만일 지금 누군가 그를 막기라도 한다면 이유를 막론하고 목숨을 부지하기 어려울 것이 분명했다.

이동하는 내내 부자간의 대화 같은 건 없었다. 랑트에 도착해서도 공작은 다른 어느 곳도 들르지 않고 곧장 팔레즈 호텔의 옥상 문을 열고 들어갔다.

그런 둘의 앞에 보인 건 커다란 세계수, 그리고 그 밑동에 앉아 등을 기댄 채 잠든 로건이었다. 페어리들 역시 꽃잎 속에서 잠들어 있었다.

"로건……."

그러고 보니 아직 아버지께 로건에 대한 이야기를 하지 못했다. 녀석이 거짓말을 했다는 것을 알면 아버지께서 어떤 반응을 보이실지 아들인 바율로서도 겁이 났기 때문이다.

비슷한 이유로 어머니께서 아프시다는 사실 또한 말씀드리지 못했다. 그러잖아도 충격이 크신 상태인데, 거기에 좋지 않은 소식까지 전하면 아버지께서 행여 쓰러지시기라도 할까 봐 솔직히 두려웠다.

정령계가 복원되면 금방 회복하실 거란 바일의 말을 믿는 수밖에는 방법이 없었다.

"로건."

란데르트 공작은 한층 무거워진 눈빛으로 세계수와 로건을 향해 걸어갔다. 인기척을 감지한 듯 감긴 로건의 눈꺼풀이 서서히 떠졌고, 공작을 발견한 녀석의 금안이 요동쳤다.

언젠가는 반드시 제 입으로 잘못을 고백하고 용서를 빌고자 했다. 그날이 오늘임을 직감하며 로건이 서둘러 일어나 예를 차렸다.

"공작 전하……."

"밤새 여기 있었던 것이냐?"

계절은 아직 겨울이었고, 특히나 해밀턴과 가까운 랑트의 밤은 매서운 추위를 자랑했다. 로건을 살피는 공작의 안색이 어두워졌다.

"그러다 감기라도 걸리면 어쩌려고. 어서 들어가서 따뜻한 물에 몸을 녹이거라."

"…그 전에, 꼭 드릴 말씀이 있습니다."

"로건, 그건 나중에……."

"아니. 지금 꼭 해야만 해, 바율."

더 이상 뒤로 미룰 수는 없었다. 자신은 그동안 충분히 비겁했다. 이미 너무 늦어 버렸지만, 이제라도 사실을 밝혀야 했다. 그래야 바일과 바율의 아버지인 공작 전하께 조금이라도 마음의 짐을 덜어 드릴 수 있었다. 모든 건 전부 제 잘못이었으니까, 아픔도 다른 사람이 아닌 자신이 감당하는 게 옳았다.

"제가…… 제가 감히 공작 전하께 거짓을 고하였습니다."

로건의 음성은 떨렸지만, 어제처럼 무너지지는 않았다. 차오르는 눈물을 애써 속으로 삼키며 로건은 꽤 차분하게 지난날 자신의 죄를 고백했다.

"전 바율이 사고 당시, 제대로 기억하지 못하는 점을 이용했습니다. 사실 처음에 물에 빠졌던 것은 바율이 아니라

저였습니다. 바율은 저를 구하려고 강물에 뛰어들었다가 같이 위험에 빠지게 된 것입니다. 바일은…… 그런 저희를 겨우 물에서 건져 낸 다음 급류에 떠밀려 갔고요."

로건은 아예 바닥에 무릎을 꿇고 앉았다.

"잘못했습니다. 저 때문에 바일이 그렇게 되었다는 게 알려질까 봐, 그래서 저희 집안에 무슨 피해라도 갈까 봐…… 그게 너무 무서워서…… 기억을 잃은 바율에게 모든 걸 뒤집어씌웠습니다. 녀석이 죄책감에 힘들어할 걸 뻔히 알면서, 저만 살고자 거짓말을 했습니다."

울지 않고자 이를 악물고 노력했지만, 결국 참았던 눈물이 빗장을 뚫고 흘러내렸다. 로건은 손등으로 뺨을 아무렇게나 훔치며 각오를 말했다.

"어떤 대가이든 달게 받겠습니다. 그 무엇으로도 용서받을 수 없다는 거, 잘 압니다. 하지만 아버지께선 아무것도 모르십니다. 이런 상황에 염치없는 말이지만, 제발 제게만 죄를 물어 주십시오. 부탁드립니다, 공작 전하."

"……."

란데르트 공작은 잠시 말없이 로건을 내려다보았다. 바율의 마른 몸과 달리 떡 벌어진 녀석의 어깨가 애처롭게 흔들리고 있었다.

"훗. 너도 나 못지않은 바보로구나."

돌연 란데르트 공작이 헛웃음을 내뱉었다.

"키만 컸지, 속은 여전히 열다섯 살에서 자라지 못했다고 하더니…… 그랜트 말이 딱 맞는구나."

공작은 한쪽 무릎을 굽히고 앉아 로건에게로 몸을 숙였다.

"얼굴을 들거라."

그의 명에 로건이 머뭇거리며 천천히 고개를 들었다.

"내가 정녕 그걸 모르는 줄 알았더냐?"

"……?"

"나뿐이 아니다. 그랜트도 처음부터 알고 있었다."

"예? 그게 무슨……?"

로건이 혼란과 의문이 뒤섞인 눈빛으로 공작을 응시했다. 뒤에 선 바율 역시 깜짝 놀라 입을 벌렸다.

"바일이 죽고 난 후 네가 보였던 행동들은 이상해도 너무 이상했지. 그래서 그랜트가 기드온에게 물었다더구나. 이후로는 내가 더 말하지 않아도 알겠지?"

"그럼 기드온이 아버지께……?"

"그렇다. 그리고 그랜트는 바로 나를 찾아왔지. 그 또한 내게 너처럼 잘못을 빌더구나."

로건은 전혀 몰랐던 사실이었다. 기드온이 저를 속이고 아버지께 사실을 고했던 것도, 아버지께서 모든 걸 알고 란데르트 공작을 찾아갔던 것도.

"하지만 그건 네 말처럼 사고였다. 누구의 잘못도 아닌, 어쩔 수 없이 벌어진 사고 말이다."

"그, 그렇지만 그 후 전 거짓을 말하였습니다. 바율에게 전부 뒤집어씌웠다고요. 녀석은 저 때문에 자신이 형을 죽게 한 거라며, 몇 년을 자책 속에 살았습니다."

"그랬지."

란데르트 공작은 잠깐 숨을 골랐다.

"하나 네가 사실대로 말했어도 크게 달라지진 않았을 것이다. 널 구하려고 했다지만, 녀석도 물에 빠졌던 것은 사실이니까."

바율이라면 본인을 구하려다 죽은 게 아니니 다행이라며 안도할 게 아니라, 자기까지 들어가 버리는 바람에 바일의 힘이 더 빠졌을 거라고 자책할 게 분명했다.

어떤 이유로든 자길 탓하며 스스로를 책망하였을 테다. 그건 공작이 아들과 함께 있어 주지 못했다는 죄책감에 시달렸던 것과도 같은 맥락이었다.

"너 역시 그간 마음의 고통이라는 벌을 받아 왔겠지. 게다가 이제라도 이렇게 고백하고 있지 않으냐. 그랜트에게는 내가 그냥 기다려 주자고 했다."

당시 로건은 고작 열다섯 살이었다. 그런 상황이면 그 나이 또래 대부분은 거짓말을 하고도 남았다.

녀석에게 아는 척을 하지 않은 건 공작 나름의 배려였다. 그가 먼저 얘기를 꺼내면 추궁하는 꼴밖에 되지 않았을 것이기 때문이다. 그랬다면 로건은 어쩌면 망가지거나 엇나갈 수도 있었다.

바율과 바일에 비할 수는 없겠지만, 로건 역시 공작에게는 귀한 아이였다. 가장 친한 지기의 아들이었고, 동시에 그의 자식과는 형제처럼 자란 녀석이었다.

로건이 스스로 일어서기를 공작은 바란 것이다.

더욱이 녀석은 형제를 잃은 바율에게 하나 남은 유일한 벗이기도 했다. 그런 친구가 형의 죽음에 대해 거짓을 고한 사실을 알면 바율이 받았을 상처 또한 매우 클 것이다. 친구를 이해하기엔 바율 역시 너무 어린 나이였다.

공작의 조치는 로건을 위해서뿐 아니라, 바율을 위해서이기도 했다.

"말해 줘서 고맙구나."

란데르트 공작은 장하다는 듯 로건의 머리를 쓰다듬었다.

"그랜트도 알면 나와 같은 마음일 게다."

공작은 멍하니 자신만 보고 있는 로건을 일으켜 세웠다.

"이제 내게도 시간을 주겠느냐?"

그의 앞에 세계수가 있었다. 이 나무가 바일이나 마찬가지라고 하였던가. 세계수를 향한 공작의 눈빛은 순식간에 아련해졌다.

"로건."

바율은 놀란 감정을 서둘러 수습하며 로건을 부축했다. 특별히 말씀은 안 하셨지만, 바일과 둘만 있길 원하신다는 뜻 같았다.

아마도 지나간 세월의 회포를 풀고 싶으신 것이겠지.

"가자."

그는 여전히 멍멍한 상태의 로건의 팔을 붙들고 조용히 옥상을 빠져나갔다.

"바일……."

문이 닫히기 전, 형을 부르는 아버지의 목소리가 바람을 타고 전해왔다. 그리움이 사무친 그 소리에 바율은 다시 한 번 울컥했다.

형, 아버지께서 오셨어.

반갑지?

아버지가 와서 형도 좋은 거 맞지?

바율의 물음이 세계수의 공간에 가 닿은 것일까.

화답이라도 하듯 어제와 같이 세계수의 나뭇가지가 크게 하늘거렸다.

공작은 그 나무 아래에서 아주 오랫동안 많은 것들을 얘기했다. 비로소 그의 얼굴에 조금이나마 진정한 안식이 들어차는 순간이었다.

Chapter 8.
황제의 호출

1.

바율에게는 흡사 꿈같은 시간이었다. 세계수와 관련된 법을 제정하는 일로 눈코 틀 새 없이 바쁜 나날이었지만, 그래도 하루에 한 번 이상은 꼭 아버지와 함께 세계수 아래에서 담화를 나누었다.

눈치 빠른 사다드가 명하기도 전에 너른 평상과 탁자, 그리고 의자를 준비해 둔 덕에 부자는 그 밑에서 편안하게 쉴 수 있었다.

가끔은 체스를 두기도 했고, 평상에 누워 하염없이 세계수를 올려다볼 때도 있었다. 그럴 때면 마치 바일이 제 옆에 있는 것만 같아서 바율은 기분이 좋았다.

그건 란데르트 공작과 로건도 마찬가지였다. 랑트의 영주로서 처리할 일이 많은 바율과 달리, 이곳에서는 제법 한가한 그들은 하루의 대부분을 팔레즈 호텔의 옥상에서 보냈다.

처음엔 공작을 대할 때마다 쭈뼛거리던 로건도 며칠이 지나자 점차 미소를 되찾아 갔다.

라나사를 제외한 친구들이 새 학기 준비를 위해 각자의 집으로 돌아간 것과 달리, 녀석은 며칠 더 랑트에 머물기로 했다.

바일과 함께 있고 싶은 그 마음을 충분히 이해하기에 바율은 기꺼이 환영했다. 녀석이 옥상에서 머무는 시간이 길다 보니 공작은 가끔 로건의 검술 훈련을 봐주기도 하였다.

그것이 내심 부러웠는지 라나사도 옥상을 찾는 일이 잦아졌다. 결과적으로 두 사촌 모두 살아 있는 전설의 조언을 받는 행운을 누렸다.

로건과 라나사가 겨울임에도 땀을 뻘뻘 흘려 가며 검술을 펼칠 때마다 페어리들은 뭐가 그리 신이 나는지 곁을 맴돌며 까르르 웃고는 했다.

참고로 가르디엥은 세계수에 관해 엘프들과 상의를 해야겠다며 서둘러 정화의 숲으로 떠났다. 그는 돌아올 때 태고의 신물을 갖고 오겠다고 약속했다.

란데르트 공작이 세계수에 진을 치고 있다는 소문은 금세 퍼졌다. 덕택에 눈독을 들이는 이들이 눈에 띄게 줄어들었다. 공작은 아무 경고도 하지 않았지만, 감히 그를 뚫고 세계수에 접근할 만큼 간 큰 자들은 없었다.

물론 멀리서 지켜보는 사람들은 여전히 헤아릴 수 없을 정도로 많았다. 특히 해가 지고 난 후 아름다운 빛을 뿜어내는 세계수를 보기 위해서 탁 트인 장소를 찾는 이들이 늘어났다.

그것은 어느 순간부터 랑트에 방문하면 반드시 감상해야 할 필수 코스로 자리 잡았고, 소위 세계수가 완전하게 보이는 명당이라 불리는 곳에는 새롭게 식당들이 들어섰다.

당연히 매우 비싼 가격을 치러야 했지만, 세계수를 보며 식사를 한다는 건 상당히 낭만적인 일이었다. 그 때문에 예약하지 않고는 자리도 구할 수 없을 정도로 인기가 엄청나게 많아졌다.

"랑트가 점점 관광 도시란 이름에 걸맞게 완성되어 가고 있군요."

사다드는 마치 제 일처럼 뿌듯한 표정이었다.

기실 그는 그럴 만한 자격이 있었다. 전체적으로 도시를 일군 건 정령들이지만, 이후 그것을 본격적으로 관리하고 체계를 정한 이는 그였으니까.

지금만 해도 세계수 관련 법을 만드는 데 사다드의 도움을 많이 받고 있었다.

　"이만하면 변수에 대비할 만큼 잘 제정한 것 같은데, 바로 공표할까요?"

　"관광객은 그렇다 치지만, 세계수를 조사하기 위해 몰려든 많은 학계의 관계자들과 마법사들이 조용히 돌아갈지가 걱정입니다. 반발이 만만치 않을 수도 있습니다."

　"세계수는 인간의 연구 대상이 아닙니다. 그걸 신경 쓰고 관리하는 건 바일의 몫이에요."

　"그거야 저도 알지요. 근데 그걸 차마 그 많은 사람에게 전부 밝힐 수가 없으니 하는 말입니다."

　"전 세계수를 꼭 지킬 거예요. 누구라도 바일을 함부로 대하면 가만히 있지 않을 겁니다."

　바율에게 세계수는 곧 바일이었다. 이렇게 제정을 해도 법을 어기는 자들이 나타난다면 신분을 막론하고 과징금을 물게 하거나 랑트에서 영원히 추방할 것이다. 심한 경우 징역까지 고려하고 있었다.

　"세계수는 정령계를 복원시키기 위한 아주 중요한 열쇠입니다. 사다드 경은 제 뜻을 아시리라고 믿습니다."

　"알겠습니다, 도련님. 그 사항에 대해선 강력하게 권고하도록 하겠습니다."

바율의 단호함에 사다드는 더는 이견을 내놓지 않았다. 정령계에 이베트와 바일이 살아 있음을 그 역시 아는 탓이다.

그의 주군이 과거에 공작 부인을 어찌 대하였는지는 선배들을 통해 충분히 전해 들었다. 거기에 바일 도련님의 생사까지 확인하게 되었으니, 남은 건 정령계의 복원을 서두르는 일뿐이었다.

"참, 내일 면접 잊지 않으셨죠?"

"그럼요. 걱정 마세요."

바율은 곧 다시 랑트를 떠나야 했다. 그의 빈자리를 사다드가 메워 주기는 할 테지만, 랑트엔 전문적이고 전담할 수 있는 관리자가 필요했다. 마치 세계수에 바일이 있는 것처럼 말이다.

해서 내일 오전에 사다드가 미리 선발해 둔 이들을 바율이 직접 면접을 볼 예정이었다.

똑똑.

몇 가지 사안에 대해 사다드와 이런저런 의논을 나눌 때였다.

"바율, 리타가 저녁 먹으러 내려오라는데?"

라나사가 바율의 집무실을 노크하고 들어오더니 친히 리타의 말을 전했다. 둘은 천족 엘레오스의 농간으로 함께 사고를 당한 것을 계기로 부쩍 친해진 듯했다.

"아버지는?"

"공작 전하께서는 로건이랑 벌써 내려가셨지. 너랑 사다드 경만 오시면 돼."

"마침 배가 고프던 참이었습니다."

사다드는 얼른 가자며 먼저 문을 열고 나섰다.

"리타는 좀 어때? 괜찮은 것 같아?"

사다드의 뒤를 따르며 바율이 묻자, 라나사는 잠시 생각하는 듯하다가 고개를 끄덕였다.

"나쁘지 않아 보였어. 여전히 눈은 조금 부어 있긴 했지만."

"…또 울었나 보네."

바율은 리타가 걱정되는지 애꿎은 앞머리를 쓸어 넘겼다.

"그만큼 기쁜 걸 거야."

"응, 그렇겠지."

바일이 죽었을 때, 아니 죽은 줄 알았을 때 성내에서 가장 서럽게 울었던 건 다름 아닌 리타였다. 녀석은 며칠간 고집을 부리며 제가 모시는 도련님이 죽었다는 것을 인정하지 않다가 이내 폭풍과도 같은 눈물을 쏟았었다.

누구도 리타처럼 비통하게 울지 못했다. 쌍둥이였던 바

율조차도 창망하여 어찌할 바를 모를 때, 바일 도련님을 제발 다시 볼 수 있게 해 달라며 떼를 쓰던 리타는 결국 울다 지쳐 혼절까지 했었다.

그러던 녀석이 어느 날 정신을 차리더니, 바율을 한결 더 극진하게 대하기 시작했다. 그건 그녀만의 각오 같은 것이었다. 바일처럼 바율을 잃지 않겠다는 열네 살 소녀의 다짐.

며칠 전 그런 리타에게 바일의 소식을 들려주었다. 처음에는 그게 대체 무슨 소리냐며 이해하지 못했던 그녀가 바율의 차분한 설명에 눈만 슴벅거리더니 금세 주저앉아 펑펑 울어 댔다.

세계수로 달려가 작은 팔로 나무 기둥을 끌어안은 채 종일 먹지도 않는 바람에 달래느라 진땀을 빼기도 했다.

리타의 눈물은 마황과 데스를 비롯한 마족들에겐 비상사태나 마찬가지였다. 그녀의 컨디션에 따라 그들의 기분 역시 오락가락하기 때문에 정체를 아는 만월 기사단들은 덩달아 긴장을 해야만 했다.

다행히 리타는 다음날부터 일상으로 돌아왔지만, 녀석의 팅팅 부은 눈은 계속되었다.

"그래도 오늘쯤은 아니길 바랐는데……."

리타를 어떤 방식으로 달래 줘야 할지가 현재 바율의 가장 큰 고민이었다.

"도련님, 오셨어요!"

바율이 레스토랑에 들어서자 리타가 평소보다 더 해맑게 웃으며 반겼다. 자신이 울었다는 걸 감추려 하는 과장된 연기였다.

"왔느냐."

"네, 아버지."

바율은 란데르트 공작의 맞은편에 자리를 잡고 앉았다. 친구들이 집으로 돌아가선지 식사 때마다 바율은 썰렁한 느낌을 지울 수 없었다.

그런 바율의 마음을 눈치라도 챈 양 진수성찬이 식탁에 올랐다. 어제에 비해 가짓수도 많았거니와, 다양한 재료와 조리법으로 만들어져 무척 신경 쓴 티가 나는 요리들이었다.

"리타, 설마 혼자서 이 많은 걸 다 한 건 아니지?"

바율은 자신이 좋아하는 음식 위주로 그릇에 담아 주는 리타에게 물었다. 그러자 그녀가 답은 않고 눈썹만 꿈틀거렸다. 그건 뭔가 있다는 표식이었다. 거의 평생을 함께한 바율이 눈치채지 못할 리 없었다.

"리타, 뭐야? 바일 때문에 아직도 힘들어?"

"…그런 거 아니에요."

"근데?"

"도련님은 오늘이 무슨 날인지도 모르세요?"

"오늘?"

바율이 감을 잡지 못하고 고개를 갸웃거리자 란데르트 공작이 혀를 차며 웃었다.

"녀석, 네 생일도 모르는 것이냐?"

"…제 생일이라고요?"

진짜로 몰랐다는 바율의 표정에 로건과 라나사는 일순 어이가 없었다. 아무리 일이 바쁘기로서니, 제 생일도 잊었다는 게 신기할 뿐이다.

"리타, 너 그래서……."

운 거구나.

바율의 생일은 동시에 바일의 생일이기도 했다. 녀석은 바일이 살아 있다는 걸 아는데도 같이 축하를 해 주지 못하는 상황에 억울해하는 거였다.

이전에는 어머니의 기일을 먼저 챙긴 후에 조촐하게 치러 왔던 행사였다. 하나 이제는 어머니의 기일을 챙길 필요가 없어졌으니 좀 더 성대한 파티를 열고자 하는 욕심이 보였다.

"리타, 그러지 마."

"…뭐가요?"

"내 생일 말이야. 나 이런 거 안 해 줘도 돼."

"하지만 생일은 일 년에 딱 한 번뿐인걸요."

"그거, 조금만 미루자."

"미뤄요?"

"응."

바율은 잠시 뜸을 들이다가 말을 이었다.

"우리 가족이 전부 모이는 날. 그때 할 거야."

정령계가 복원되고 어머니와 바일을 자유롭게 만날 수 있는 날이 오게 되면, 제대로 열고 싶었다. 지금은 생일 같은 걸 즐길 처지가 아니었다.

"그냥 좀…… 아프셔."

아버지께는 말하지 못했던 바일의 말이 바율의 신경을 옥죄었다. 정령계를 빨리 복원하지 않으면 혹시라도 어머니의 신변에 좋지 않은 일이 생기는 것은 아닐까 두려웠다.

세계수의 탄생은 사대 정령을 정령왕으로 만들 수 있는 전제 조건이라고 하였다. 어떤 식으로 어떻게 녀석들을 정령왕으로 승급시켜야 할지 아직은 감도 잡히지 않지만, 바율은 서둘러야만 했다. 어머니를 또다시 잃을 수는 없었다.

"그래도 역시 리타밖에 없네. 이렇게 내 생일도 챙겨 주고."

녀석의 얼굴이 시무룩해지는 것을 보고 바율은 얼른 덧붙였다.

"맛있게 잘 먹을게!"

리타를 기쁘게 하려면 열심히 먹는 것만이 답이었다.

"바율, 생일 축하해."

"도련님, 생일 축하드립니다."

"인간 세상에선 태어난 날이 꽤 중요한가 보지? 그럼 나도 축하해야지."

"네 말처럼 내년엔 다 같이 축하하자꾸나. 생일 축하한다, 아들."

바율이 스푼을 들기가 무섭게 여기저기서 인사가 쏟아졌다. 개중 란데르트 공작은 웬 상자를 꺼내 아들에게 건넸다.

아버지께서 뭔가를 준비했을 거라고는 전혀 예상하지 못했기에 바율은 얼떨떨해하며 상자를 열었다.

"무슨 선물입니까?"

"뭔데?"

주변에서 관심을 가지며 제각각 고개를 빼 들었다.

"아버지, 이건……!"

란데르트 공작이 바율에게 선물한 것은 새 시계였다. 번쩍이는 금줄과 정교한 다이아몬드가 세공된, 매우 값비싼 회중시계였다.

"네가 가진 것은 많이 낡았더구나. 좋은 시계는 남자의 성공을 나타내는 법이다."

그러니까 말인즉슨, 앞으로 바율의 앞날에 성공만이 있기를 바란다는 의미였다.

"감사합니다, 아버지."

아버지에게 이런 식으로 무언가를 직접적으로 받은 일이 처음이었다. 그래선지 바율은 왠지 인정받은 듯한 느낌이 들어 기분이 묘했다.

화기애애한 분위기 속에 리타는 열심히 음식을 내왔고, 바율은 오랜만에 신나고 즐거운 생일을 보냈다.

베르가라에서 황제의 호출 명령이 떨어진 것은 그로부터 이틀째가 되던 날이었다.

2.

바율은 지체하지 않고 바로 다음 날 아버지와 함께 황도로 향했다. 어차피 조만간 닥칠 일이었고, 그에 대한 마음의 준비도 하고 있었다.

　다행히 그와 사다드를 대신해서 영지를 돌볼 관리인도 뽑아 두었기에 기차에 오르는 발길이 한결 가벼웠다.

　랑트에 머무는 동안 정령들이 꼼꼼하게 영지 곳곳을 손본 덕에 당분간 큰 문제가 생길 일도 없었다.

　베르가라로 가는 인원은 무려 서른이 넘었다. 바율을 제외하고는 공작과 이언, 헤이즈, 사다드를 포함한 모두가 만월 기사단이었다.

　바율은 몰랐지만, 이들은 만월 기사단 내에서도 손꼽히는 실력자들로 구성된 정예 중의 정예였다. 작은 왕국 하나 정도는 가볍게 무찌르고도 남을 만큼 엄청난 무력의 소유자들이었다.

　결코 과장이 아니었다. 그들의 능력은 이미 십년전쟁을 통해 수차례 증명되었다.

　해밀턴에서 출발한 기차가 황도의 중앙역에 당도했을 때, 시민들은 누가 시키지도 않았는데 마치 짠 것처럼 두어 걸음씩 뒤로 물러나며 일행에게 경의를 표했다.

　푸른색 제복을 갖춰 입고 절도 있게 기차에서 내리는 만월 기사단의 모습은 그 자체로 대단히 압도적이었다.

　미리 언질이 있었던 듯, 기차역 밖에는 이미 군마가 대기 중이었다.

란데르트 공작을 선두로, 마차가 아닌 말을 타고 황도의 대로를 달려 입궁하는 만월 기사단의 위용은 금세 도시 전체로 퍼졌다.

본디 공작은 황제가 아닌 자신에게 권력과 관심이 집중되는 것을 막기 위해 지금껏 황궁 출입을 최대한 삼갔다. 어쩔 수 없이 입궁을 해야 할 땐 최소한의 수행원만 대동하고는 했었다.

물론 그럼에도 늘 화제의 대상에서 벗어날 수는 없었지만, 어쨌든 그는 그 규칙을 여태 잘 지켜 왔다.

그랬던 공작이 달라졌다.

다른 귀족들과 비교하자면 지금도 절대 수행원의 수가 많은 것은 아니었지만, 그들 전부가 만월 기사단의 정예라면 이야기는 달라진다.

작은 왕국 하나 정도는 손쉽게 없애고도 남을 거란 말은 비단 왕국뿐 아니라 제국에도 해당했기 때문이다.

아무리 철옹성 같은 방어망을 갖춘 황궁이라 할지라도 행여 공작이 마음만 달리 먹는다면 함락시키는 건 금방이었다.

그것을 그도 알고 황제도 알고 모두가 알았다. 그렇기에 금번처럼 명을 받고 급히 입궁을 해야만 하는 날에도 공작은 늘 정도를 유지했었다. 괜한 오해를 피하고 싶어서 더욱 철저히 그래 왔다.

황제와 카트린느 황비의 혼례로 전 대륙에서 사절단이 방문했던 당시, 안전을 위한 명목으로 단원들이 집결했던 것을 빼면 오늘과 같은 상황은 매우 이례적이라 할 수 있었다.

대체 무슨 일인 걸까.

란데르트 공작의 평소답지 않은 이상 행보에 베르가라가 들썩였다. 덕분에 황제의 부름을 받고 대전 회의에 참석하고자 입궐한 귀족들은 물론, 궁의 관리들과 시종들까지 다들 공작의 눈치를 살피기에 급급했다.

란데르트 공작이 아들을 대동한 채 황궁에 마련된 본인의 집무실로 가는 동안, 감히 누구도 그와 눈을 맞추지 못했다.

공작은 아직 황제도 알현하지 않은 데다 단지 입궁을 하였을 뿐이지만, 압박은 이미 시작되었다.

내막을 알고 있는 몇몇 귀족들은 공작이 무엇을 말하고자 함인지 충분히 짐작 가능했으나, 대다수는 아직 아리아나에서 벌어진 일에 대해 모르는 상태였다.

그럼에도 모두가 똑같이 살벌한 분위기를 감지했다는 건 오늘 회의가 결코 순탄하지 않을 것임을 예고하는 격이었다.

란데르트 공작의 입궁 소식은 곧 황제에게도 전해졌고, 그 때문인지 대전에 들어서는 그의 얼굴은 평소와 달리 웃는 낯빛이 아니었다.

'황태자 전하.'

황제의 뒤를 따르던 린데만 황태자와 바율의 시선이 잠시 허공에서 부딪쳤다. 찰나였지만 바율은 그에게서 언뜻 미안한 기색을 읽은 것 같았다.

역시 문책을 피하기 어렵겠구나.

각오했던 바였기에 두렵지는 않으나, 그와 별개로 기분이 좋지 않은 것도 사실이었다.

"황제 폐하를 뵈옵니다."

바율은 다른 대신들과 함께 자리에서 일어나 황제에게 예를 표했다. 특무대신이 된 후로 그가 대전에 든 것은 이번이 처음이었다.

일전에 정령사임을 알리러 왔을 땐 약간의 겁을 먹고 위축된 모습을 보였었다.

하지만 지금은 별로 두렵지 않았다. 그때나 현재나 스스로 믿기에 잘못한 것이 없다는 점은 동일했지만, 아마도 마음가짐의 차이인 듯했다.

선대 황제가 친히 아리아나에 내린 면책권을 멋대로 폐지했다.

그로 인해 황실은 금전적으로 막대한 손실을 입게 되었고, 또한 그것은 황제의 권위와 자존심을 건드린 것이라 볼 수도 있는 상황이었다.

예견은 했지만, 바율을 향한 황제의 눈빛에는 노여움이 묻어 있었다. 얼마 전까지만 해도 칭찬 일색이던 그가 어좌에 앉자마자 바율, 그리고 그 옆의 란데르트 공작을 차갑게 일별했다.

"바율. 아니, 이제는 란데르트 백작이라고 칭해야겠군."

그가 한차례 좌중을 둘러보고는 제일 먼저 바율을 호명했다.

"예, 폐하."

바율은 조심스레 고개를 들어 황제와 눈을 맞췄다.

"맥 보좌관을 통해 들었네. 아리아나의 면책권을 폐지했다지?"

황제는 원래가 돌려 말하는 법이 없는 성격이었다.

맥은 황제에게 보고를 마친 후 그의 명으로 바율을 황궁에 불러들였고, 지금은 바율의 뒤에 시립한 상태였다.

"송구하오나 그렇습니다, 폐하."

바율의 덤덤한 대답에 대전 안이 잠시 소란스러워졌다. 이미 알고 있던 이들을 제외한 대신들이 깜짝 놀라서는 수군거리며 저들끼리 불안한 눈빛들을 주고받았다.

누군들 아리아나에 특별히 부여된 면책권에 대해 불만이 없었던 건 아니다. 다만 그런 만큼 그것이 황실에 어떤 역할을 했는지 역시 누구보다 잘 아는 귀족들이었다.

한데, 이제 갓 작위를 받은 바율이 황제의 허락도 없이 면책권을 없애 버렸다는 사실에 그들은 기함했다.

"일말의 망설임도 없는 답변이로군."

황제의 눈썹이 작게 꿈틀거렸다.

"아리아나의 면책권은 과거 선대 황제께서 친히 하사하신 것이다. 알고 있었는가?"

"예, 폐하."

"그런데도 일개 대신이, 짐에게 어떠한 승인 요구도 없이 멋대로 폐지를 했다? 그리고 이토록 당당하다?"

어이없다는 듯 헛웃음을 터뜨리던 황제가 이내 정색하며 본격적으로 노기를 드러냈다.

"그대의 행위를 나에 대한 반기를 드러내는 것이라 해석해도 되겠는가?"

황제의 입에서 '반기'라는 단어가 나온 순간, 보이텍 후작을 위시한 측근들의 입가에 비릿한 미소가 걸렸다.

반기는 반란을 뜻하는 말이었고, 그것은 곧 역모였다. 역모는 지위 고하를 막론하고 구족을 멸할 대역죄이다.

란데르트 공작이 멀쩡히 살아 있는 한 그럴 일은 벌어지지 않겠지만, 그에 대한 황제의 신의가 돌아설 것은 이제 자명한 수순이었다.

머지않아 태어날 황자에 이어 란데르트가의 추락까지. 보이텍 후작파에게는 바라 마지않는 상황이 펼쳐지기 직전이었다. 나서기도 전에 알아서 일을 벌여 주니 그들로선 고마울 따름이다.

"반기라니요. 당치도 않습니다. 저는 단지 폐하께서 주신 권한을 행하였을 뿐입니다."

황제가 제법 위협적인 단어를 직접 입에 담았음에도 바율은 전혀 동요하지 않았다. 그는 오히려 아버지의 조언대로 더욱 당당하게 등과 허리를 꼿꼿하게 폈다. 그 태도와 말투에 황제의 미간이 우그러졌다.

"짐이 내린 권한?"

"예, 폐하께서 제게 내리신 임무는 정령사로서 재난을 막아 내라는 것이었습니다. 그 과정에서 사리에 어긋나는 일을 목격하거나 혹 그러한 사건이 발생한다면, 저의 소신과 주관에 입각하여 처벌할 수 있는 권리를 하사하셨습니다. 그렇기에 저의 뜻이 곧 폐하의 뜻이라 여겼습니다."

"무어라? 네 뜻이 곧 짐의 뜻이다?"

와락 일그러지는 황제의 얼굴을 본 보이텍 후작이 이때다 싶었는지 달려들었다.

"폐하! 이 무슨 무례한 발언이란 말입니까! 란데르트 백작은 지금 폐하를 능멸하고 있사옵니다!"

"맞습니다! 어찌 한낱 대신의 생각 따위가 폐하의 뜻보다 위에 설 수 있단 말입니까? 이것은 선대 폐하를 모독함과 동시에 폐하는 물론, 황실 전체를 모욕하는 것이나 다름없사옵니다!"

"아무리 나이가 어리기로서니 어찌 그러한 망발을 입 밖으로 뱉을 수 있단 말인가! 폐하, 란데르트 백작을 당장 일벌백계하시어 다시는 이 같은 망측한 일이 생기지 않도록 엄히 다스려 주십시오!"

보이텍 후작과 그의 측근들은 물 만난 고기라도 된 양 너도나도 앞다투어 황제에게 고했다.

그들에겐 바율이 이 세계의 첫 번째 정령사이자, 자연재해를 해결할 유일한 인물이라는 것 따위는 중요하지 않았다. 오로지 란데르트를 향한 황제의 총애를 빼앗아 권력을 손아귀에 쥐는 것만이 목표였다.

그간 란데르트 공작에게선 찾아볼 수 없는 빈틈을 아들인 바율이 만들어 주었다는 데 속으로 환호하며 어느 때보다 목청을 높였다.

그들의 자신감엔 곧 황자를 출산할 예정인 카트린느 황비의 존재도 크게 한몫했다. 란데르트 공작이 물러난다는 건 린데만 황태자에게도 불리한 일이었다. 지금이 그들에 겐 여러모로 절호의 기회인 셈이다.

"란데르트 공작께선 아드님 교육을 대체 어떻게 하신 겁니까! 혹여 공작께서도 란데르트 백작과 같은 생각이신 것은 아닙니까?"

"그렇다면 어찌할 텐가?"

이제껏 바율이 말하도록 잠자코 있던 공작이 무심하게 고개를 들며 반문했다. 그의 여상한 태도에 황제는 떫은 표정을 지었고, 대로하던 귀족들은 당황하는 한편 노성을 터뜨렸다.

"이보시오, 란데르트 공작! 여기가 어느 안전이라고 그리 함부로 입을 놀린단 말이오! 폐하께서 지켜보고 계심을 정녕 모르는 게요?"

"제국의 공신이라는 자가 아들의 방만을 꾸짖지는 못할망정 오히려 감싸 주려 하다니! 이제 보니 이 모든 게 공작의 지시는 아니오?"

"일리 있는 말씀입니다! 선대 황제께서 지정하신 면책권을 폐지하는 그런 엄청난 일을, 고작 열일곱 살 먹은 란데르트 백작이 홀로 결정했을 리 없습니다! 두 부자가 작정하고 일을 벌인 게 틀림없습니다!"

"폐하! 이것은 역모입니다!"

결국 누군가의 입을 통해 그 말이 튀어나오고야 말았다. 대전에서 결코 거론되어서는 안 될 무시무시한 말이.

"지금…… 역모라 하셨소?"

란데르트 공작이 보이텍 후작과 그의 측근들의 면면을 살피며 느릿하게 물었다. 낮게 가라앉은 그의 음성은 음산하다 못해 을씨년스럽기까지 했다.

"아리아나는 썩을 대로 썩은 상태였소. 죄를 면하는 조건으로 모인 범죄자들은 저들끼리 무리를 만들어 더 큰 죄악을 일삼고 있었소. 남자는 광산에 끌려가 죽을 때까지 노역에 시달리고, 여인은 범죄자들의 성노예가 되어 비참한 삶을 연명하고 있었지. 그런 상황에서, 내 아들이 고통받는 백성들을 외면하고 돌아오는 게 정녕 나라를 위하는 일이었단 말이오? 역모?"

공작이 짓씹듯 '역모'라는 말을 내뱉었다. 들불과도 같은 분노가 그의 전신을 타고 뻗어 나왔다.

달가닥. 달가닥.

그리고 언제부턴가 탁자 위에 마련된 찻잔들이 가만있지 못하고 흔들거렸다. 그 진동은 점차 탁자를 지나 대전 전체로 번졌다. 종국에는 건물마저 무너져 내릴 것만 같았다.

귀족들은 자신들도 모르게 꿀꺽 침을 삼켰다. 바보가 아닌 이상 모를 수가 없다. 실내의 공기가 란데르트 공작을 중심으로 무섭게 요동치고 있었기 때문이다.

"그대들이 감히 폐하와 나라를 위하는 나의 충성심을 의심하는 것인가? 단 한 번도 품어본 적 없는 역심이 내게 있다는 것이오?"

공작의 서릿발 같은 시선이 황제에게로 이어졌다.

"폐하께 여쭙겠습니다. 폐하께서도 진정 그리 생각하십니까?"

여태 공작은 단 한 번도 대전에서, 그것도 황제가 보는 앞에서 이런 식으로 실력 행사를 한 적이 없었다.

그러니까 그들은 공작의 분노에는 면역이 없었다. 그가 화가 나면 어떤 일이 벌어지는지 또한 아는 바가 전혀 없었다.

"폐하! 어서 피하⋯⋯!"

대전 회의는 황제와 도당의 귀족들이 나라의 큰일을 논의하는 중요한 곳이었다. 그런 만큼 서기관을 빼고는 출입을 엄격히 제한했기에 황제를 지척에서 호위해야 하는 기사들마저 최소한의 수를 제외하고는 밖에서 대기해야만 했다.

하지만 지금은 무려 건물이 흔들리고 있었다. 안의 사정을 모르는 황실 기사단 소속 기사들은 응당 지진이 난 거라고 오해할 수밖에 없었다.

"라, 란데르트 공작 전하!"

그런데 이게 무슨 일인가. 대전의 문을 연 순간 엄청난 압박이 그들의 일신을 덮쳐 왔다. 목소리를 낼 수는 있으나, 그게 전부였다. 안으로는 차마 단 한 걸음도 발을 내디딜 수가 없었다.

그것이 란데르트 공작 때문임을 모두가 단박에 알아차렸다.

만월 기사단에 비할 바는 못 되지만, 그들은 황제와 여기 베르가라를 지키는 황실 기사단이었다. 공작이 뿜어내는 가공할 파괴력에 그들은 간신히 사지를 보존했다는 생각에 부르르 몸을 떨면서도, 황제를 지키기 위해 움직이려 애썼다.

"난 괜찮으니 물러가거라."

황제 역시 놀란 기색이 역력했지만, 그의 음성은 꽤 안정적이었다. 그러고 보니 황제가 자리한 단상은 별 움직임이 없었다.

건물은 여전히 무너질 것처럼 흔들리고 있었지만, 그와 황태자의 주위는 기이하리만치 고요했다. 공작의 분노가 황제가 아닌 대신들에게 국한된 것임을 명백히 보여 주는 광경이었다.

"대신들은 들으시오."

대전의 문이 닫히자 황제가 마뜩잖은 눈빛으로 신하들을 노려보며 일갈했다.

"그대들은 어찌 란데르트 공작의 충정을 의심하는가? 공작이 제국을 위해 무엇을 했는지 그새 잊은 겐가? 역모?"

황제가 공작의 말투를 그대로 따라 하며 인상을 찌푸렸다.

"무지해도 참으로 무지하구려."

황제가 손으로 자신의 가슴을 누르며 말했다.

"공작이 그런 역심을 품었다면 애초에 짐은 이 자리에 앉아 있지도 못했을 것이네. 십년전쟁을 승리로 이끌고, 짐의 어좌를 지켜 낸 이가 란데르트 공작이라는 건 세상천지가 다 아는 사실이거늘. 어찌 그런 공작에게 그따위 모욕을 준단 말이오! 다들 단체로 미치기라도 하였소?"

"폐, 폐하! 그것이 아니오라…… 선대 황제께서 만드신 면책권을 멋대로……."

"닥치시오! 그에 대해 화낼 권리는 오직 짐에게만 있소. 그걸 역모와 연결 짓는 건 그대들의 망상이자 억지란 것임을 진정 모르고 하는 말이오?"

성난 황제의 목소리엔 대신들에 대한 강한 혐오와 한심함이 느껴졌다.

그러자 억울한 건 신하들 쪽이었다. 먼저 반기니 뭐니 운운한 것은 그들이 아니라 황제였기 때문이다. 빌미를 던져 줄 때는 언제고 이제 와서 자기들을 책망한단 말인가?

그들 입장에선 황제가 하고 싶은 말을 대신 해 주었을 뿐이다. 한데 되돌아온 건 외려 황제의 진노였다.

설마…… 노림수인가?

보이텍 후작은 별안간 정신이 번쩍 들었다.

'저, 저…… 능구렁이 같은!'

황제의 음흉함은 이전부터 익히 알고 있었다. 란데르트 공작을 남달리 총애하면서도 은근히 그와 거리를 두는 모습을 보여 줌으로써 타 귀족들에게 여지를 주는 그의 정치 방식은 예전부터 유명했다.

그럼에도 보기 좋게 당하고 말았다.

마침 딱 떨어진 상황에, 먹잇감이 너무 좋았던 탓이다. 딸내미가 곧 황자를 출산할 거란 것도 흥분을 고조시키는 구실을 하였다.

황제의 계획된 분노는 본인의 자존심을 챙김과 동시에 란데르트 가문도 추켜세우는 꼴이 되었다.

'제기랄! 역시 다시 손을 잡아야 하는 건가.'

보이텍 후작은 이를 사리물며 속으로 갖은 욕설을 퍼부었다.

어느덧 귀족들을 옥죄던 기운들은 사라지고 없었다. 더 이상 찻잔도 건물도 흔들리지 않았다. 대전은 처음의 안전했던 상태로 돌아가 있었다.

"란데르트 공작, 이제 답이 되었습니까?"

황제는 대신들을 향한 꾸짖음을 멈추고 란데르트 공작을 응시했다.

"짐은 그대를 의심한 적이 단 한 번도 없었습니다. 제국을 위하는 공작의 충정은 짐뿐 아니라, 제국민 모두가 인정할 것입니다. 그대가 없었다면 짐도, 이 나라도 드와이어트 제국의 속국이 되었을 텐데 어찌 이번 같은 일로 의심을 하겠습니까? 저들의 무례함은 잊어 주십시오. 짐이 다 부끄럽군요."

"신 또한 폐하께 용서를 구합니다. 화를 주체하지 못하고 추태를 부린 점 송구하옵니다."

"아닙니다. 얼마나 억울하였으면 그러하였겠습니까? 공작의 심정은 짐도 충분히 이해하니 괘념치 마십시오."

"폐하의 성은에 감사드립니다."

마치 덕담이라도 주고받는 듯한 황제와 공작의 모습에 보이텍 후작파는 어처구니가 없었다.

하나 현재 그들은 무어라 항변할 수 있는 처지가 아니었다. 여기서 더 나갔다가는 황제의 격노가 더욱 커질 것이 분명했기 때문이다.

상황이 어쩌다 이렇게 된 것인지, 그들로서는 답답할 따름이었다.

"그래도 한 가지는 짚고 넘어가야겠습니다."

황제의 시선이 다시금 바율에게로 건너왔다.

"란데르트 백작, 면책권의 폐지는 짐에게 먼저 묻는 것이 순서였다. 그 잘못을 인정하는가?"

"예, 폐하. 그 점은 매우 송구스럽게 생각하옵니다."

사태가 급박하여 먼저 일을 행하고 보고를 뒤로 미뤘다. 모르긴 몰라도, 특무대신으로서의 업무를 지속한다면 앞으로 이런 일은 계속 생겨날 것이다. 그때마다 이렇게 대전에 끌려올 수는 없었다.

아버지의 말씀처럼 결단을 내려야 했다.

"맥 보좌관이 말하길, 그에 대한 어떤 처벌이든 달게 받겠다고 했다지?"

"그렇사옵니다, 폐하."

바율은 잠시 뜸을 들였다가 말을 이었다.

"특무대신으로서 행한 제 행동에 책임을 물으신다면, 폐하께서 직접 내려 주신 관직과 작위를 모두 내려놓겠습니다."

"…무어라? 짐이 제대로 들은 것이 맞는가?"

"바, 바율!"

황제는 물론 린데만 황태자와 귀족들까지 죄다 놀란 얼굴로 바율을 향해 돌아섰다. 표정에 변화가 없는 건 란데르트 공작이 유일했다. 그는 이미 알고 있었다는 듯 아들의 결단을 경청할 뿐이었다.

"짐이 그대에게 내린 관직과 작위는 결코 그 무게가 가볍지 않다. 자연재해를 해결할 수 있는 중한 인재이기에 이례적으로 그만한 대우를 해 준 것인데, 어찌 란데르트 백작은 짐의 그러한 뜻을 그리 쉽게 저버리겠다고 말하는 겐가?"

"이 역시 송구한 말씀이오나 폐하, 제가 만일 이 일을 계속해야 한다면 지금과 같은 상황은 또 벌어질 것이기 때문입니다."

"또?"

"폐하께서도 이미 아시지 않습니까? 신이 폐하의 명을 받고 가는 곳마다 항상 문제가 따랐습니다. 가난하고 힘없는 백성들의 고통이 지천으로 깔렸지요. 저는 앞으로도 그것을 못 본 척할 수 없습니다."

그러니까 결국 바율이 뜻하는 바는 하나였다.

특무대신으로서 완전한 권리를 보장받지 못한다면 더는 제국을 위해 일할 수 없다. 그걸 완곡하게 돌려서 표현한 것이다.

다시 말해 면책권을 멋대로 폐지하기는 했지만, 앞으로도 또다시 그러한 상황이 온다면 똑같이 하리라는 의미였다.

'하하!'

황제는 고소를 금치 못했다. 저 순한 얼굴로 이리 요망하게 나올 줄 누가 알았단 말인가.

바율의 당당함은 자신이 대체 불가능한, 유일한 존재라는 자신감에서 기인했다.

자연재해를 해결할 수 있는 위대한 첫 번째 정령사. 그로 인해 제국의 위상은 더 높아졌고, 안전 문제는 물론, 경제까지 좋아졌다.

일례로 가국의 세금 면제 혜택으로 얻어진 막대한 이득은 면책권 폐지로 잃게 된 황실의 수익 같은 건 비할 바가 못 되었다.

그걸 바율도 아는 것이다.

굳이 하나하나 입에 담지는 않았지만, 본인이 특무대신으로서 하는 일이 나라에 얼마나 도움이 되는지 알고서 하는 행동이었다.

'이건 숫제 날 협박하는 셈이군.'

아무리 멍청한 황제라도 이런 시국에 세상에 하나뿐인

정령사를 손에서 놓을 리 없다. 그건 국가적으로도 엄청난 낭비이자 손해였다. 민심은 또 얼마나 들끓을지, 생각하기도 싫었다.

솔직히 황제는 바율의 잘못을 빌미로 황녀 그레이스와의 약혼을 추진할 욕심이었다. 란데르트 가문과의 관계를 더욱 돈독히 함으로써 황실과 황태자에게 더 큰 힘을 몰아주기 위해서였다.

기실 그러고 싶은 마음은 진즉부터 있었지만, 공작의 성격을 너무 잘 알기에 이번을 기회 삼은 것이다.

한데 그런 얘기를 꺼낼 수조차 없게 되었다. 여기서 무언가를 더 거론했다가는 정녕 필요한 인재를 잃을 수도 있다는 걸 황제는 본능적으로 직감했다.

'고 녀석, 만만치 않군.'

"폐하, 신이 폐하께 한 말씀 올려도 되겠습니까?"

황제가 복잡한 사념에 젖어 드는 찰나, 보이텍 후작 측에서 누군가 입을 열었다. 그는 얼마 전 바율이 다녀온 아리아나의 영주, 델러바인 백작이었다.

황제가 허락의 뜻을 보이자 그가 말했다.

"금번 일로 란데르트 백작을 특무대신직에서 해임한다면, 제국은 대륙의 놀림거리가 되고 말 것입니다. 비록 그가 선대 황제께서 만드신 면책권을 임의로 폐지하기는 했으나, 그 일은 언젠가 반드시 시행됐어야만 했습니다. 란데르트 공작 전하의 말씀처럼 아리아나는 엉망이었습니다. 백작이 아니었다면 아리아나는 얼마 가지 않아 제국의 골칫거리로 전락하고도 남았을 겁니다."

델러바인 백작은 처참했던 아리아나의 상황에 관해 보다 자세하고 구체적으로 설명을 나열했다. 그의 말이 길어질수록 황제와 대신들은 경악하며 차마 말을 잇지 못했다. 설마 부의 도시로 이름 높은 아리아나의 속사정이 그만큼 끔찍했을 거라고는 누구도 상상치 못한 탓이다.

"면책권의 폐지는 송구하오나 신이 제일 바라던 일이옵니다. 하나 능력이 없어서 행하지 못하였지요. 그걸 란데르트 백작이 해결해 주셨습니다."

델러바인 백작은 바율을 향해 다시 한번 고마움을 표시했다. 그가 자식뻘인 바율에게 공손하게 허리를 굽히는 모습은 자못 숭고하기까지 했다.

"신은 보았습니다. 그 척박한 땅에 엄청난 크기의 저수지를 만들었고, 주변을 비옥한 농토로 다듬었으며, 초원을 조성하여 가축을 키울 수 있게 되었습니다. 이 모든 것을 란데르트 백작이, 아무 대가도 없이 해 주었습니다! 그런 자를 면책권을 폐지했다는 이유만으로 특무대신직에서 해임하신다면, 폐하의 위신을 떨어뜨리는 것이나 마찬가지라고 감히 말씀드립니다."

대신들이 웅성거렸다. 그들은 그저 바율이 자연재해를 해결한다고만 생각했다. 그러니까 단순히 가뭄인 곳에는 비를 내리고, 강물이 범람하면 흙으로 둑을 쌓는 등의 뭐 그런 거 말이다.

그런데 이게 다 무슨 소리란 말인가.

"풀 한 포기도 자라기 힘들다는 아리아나에 농토를 지었다는 게 진짜요?"

"돌산밖에 없는 그곳에 초원과 저수지가 생겼다고?"

"허허! 란데르트 백작의 능력이 실로 놀랍습니다! 비를 내리고 바람을 제어하는 그런 유의 일만 할 수 있는 줄 알았는데, 참으로 대단하군요!"

"폐하! 란데르트 백작은 제국의 축복이옵니다! 이는 신께서 이 나라에 은총을 베푸심이 틀림없습니다!"

분위기가 완전히 바뀌었다. 조금 전까지만 해도 면책권을 멋대로 폐지했다는 이유로 기함하던 이들이 바율의 진면목을 깨닫고 누가 먼저랄 것 없이 돌변했다.

아리아나가 그렇게 변했다면 어떤 거친 땅이라도 달라질 수 있다는 것이질 않은가.

더는 어린 소년을 보는 눈빛이 아니었다. 그들의 눈에 들어찬 것은 경이로움과 공손함이었다.

"폐하께 간청하나이다. 부디 미래를 생각하여 주십시오. 당장은 일손이 부족하여 광물 채취에 다소 어려움이 있겠사오나, 란데르트 백작 덕분에 아리아나는 자급자족이 가능한 땅이 되었습니다. 이미 소문을 듣고 일거리를 찾아온 이주민들도 많습니다. 더는 면책을 구실로 범죄자들을 모을 필요가 없다는 뜻입니다. 단지 시간이 필요할 뿐, 아리아나는 곧 모든 게 여타 영지들처럼 정상적으로 돌아갈 것입니다!"

델러바인 백작은 계속해서 열변을 토했다.

그가 보이텍 후작 측 사람이라는 건 모두가 아는 사실이었다. 그런 그가 란데르트 공작의 아들인 바율을 변호하기 위해 이토록 열심히 나선다는 것은 조금 전 그의 말이 전부 사실임을 입증하는 셈이나 마찬가지였다.

자신들의 눈으로 직접 확인하기 전에는 믿을 수 없다며 항변하려던 몇몇 대신들도 그의 강경한 태도에 입도 벙긋하지 못한 채 물러설 수밖에 없었다.

"델러바인 백작……."

바율의 놀라운 신위에 흥분해서 떠드는 귀족들 틈에서 보이텍 후작이 낮게 이를 갈았다. 오랜 기간 동맹을 유지했던 상대가 한순간에 다른 편으로 넘어갔으니 그럴 만도 했다.

특히나 델러바인 백작은 부유한 자산을 바탕으로 자금줄 역할을 톡톡히 하던 자였다. 입맛이 더욱 쓸 수밖에 없었다.

"마지막으로 한 말씀만 더 올리겠나이다. 아리아나의 면책권 폐지는 신 또한 원한 것이니, 란데르트 백작에게 죄를 물으실 거라면 저 역시 함께 벌을 내려 주십시오! 어떠한 처벌이든 달게 받겠사옵니다!"

델러바인 백작의 발언에 가장 놀란 건 바율이었다. 그가 아버지의 편에 서기로 마음먹은 것은 이미 알고 있었지만, 이렇게까지 과감하게 나오리라고는 예상하지 못했기 때문이다.

보이텍 후작파 측에서 델러바인 백작을 노려보는 게 느껴졌다. 그들의 눈빛 저변엔 아무리 도움을 받았기로서니 어떻게 이렇게 단번에 노선을 바꿀 수 있느냐는 원망이 깔려 있었다.

"짐이 참 곤란하게 되었구려."

돌아가는 상황을 잠시 지켜보던 황제가 돌연 아들을 향해 고개를 돌렸다.

"황태자, 네 뜻은 어떠하냐?"

"…제 뜻 말씀이십니까?"

"그래. 너라면 어떤 결정을 내려야 옳을 것 같으냐?"

린데만 황태자는 대전에 들어서기 전 이미 전해 들은 것이 있었다. 이번 기회에 동생 그레이스와 바율의 약혼을 추진해 볼 참이라던 아버지의 말씀에, 그건 좋은 생각이 아닌 것 같다고 조심스레 의견을 표출하기도 했었다.

란데르트 공작과 바율의 성정에 대해 나름대로 안다고 자부하는 그였다. 제국의 내로라하는 가문의 여식을 모두 마다하고 고아 출신의 산골 처녀와 결혼을 감행한 공작이 아니던가.

바율은 여러 면에서 공작을 빼닮았다. 잘못을 빌미 삼아 그레이스와의 약혼을 거론하는 건 오히려 화를 불러올 수 있었다.

솔직히 황태자 입장에서야 바율이 처남이 된다면 더없이 든든하겠지만, 서로가 자연스럽게 빠져드는 게 아니라면 바율은 결코 약혼을 받아들이지 않을 터.

그런 얘길 섣불리 꺼냈다가 처음으로 사귄 친구를 잃고 싶지는 않았다.

"저라면 란데르트 백작을 꾸짖을 게 아니라, 도리어 칭찬할 것입니다."

"…칭찬?"

"예, 아바마마. 비록 그가 면책권을 멋대로 폐지하기는 했다만, 델러바인 백작의 말씀대로 멀리 보면 제국에는 오히려 잘된 일이 아닙니까?"

황제는 대답하지 않았으나 황태자는 계속 말했다.

"란데르트 백작은 국보로 지정해야 할 만큼 제국의 귀한 인재이옵니다. 추후로도 아바마마의 명을 수행하다 보면 이번과 같은 상황을 계속 맞닥뜨리게 될 겁니다. 그렇기에 전 금번 일을 발판 삼아 오히려 란데르트 백작의 권한을 더욱 강화해 주어야 한다고 생각합니다."

"란데르트 백작이 권력을 남용할 소지가 있음은 고려하지 않는 것이냐?"

황제는 바율이 보는 앞에서 대놓고 물었다. 그러자 린데만 황태자는 마치 기다렸다는 듯 망설임 없이 대꾸했다.

"그럴 일은 절대 없을 겁니다."

"꽤 단정적이로구나."

"태어나면서부터 란데르트 공작님을 보고 자랐습니다. 그분의 아들이라면 믿을 수 있습니다."

황제보다 더한 힘을 가진 자. 그럼에도 욕심은커녕 누구보다 성심을 다해 황제를 모시는 이가 바로 란데르트 공작이었다.

제국의 많은 이들은 그런 공작의 모습에서 더 큰 존경심을 느끼고는 했다. 황태자라고 다르지 않았다.

역모를 꿈꿀지 모른다며 불안해하고 경계하기에는 공작

은 이미 너무도 큰 힘을 가지고 있었다.

황제는 고민에 빠졌다. 면책권 폐지에 대해 한 번 화를 냈으니 그의 면도 어느 정도는 선 상태였다. 그레이스와의 약혼 얘기를 꺼내지도 못한 게 내심 아쉽기는 하나, 사실 결론은 정해진 것이나 진배없었다.

지금 시국에 바율에게 죄를 묻는다는 건 황제 자신의 얼굴에도 먹칠을 하는 꼴이었다. 그걸 스스로가 가장 잘 알기에 씁쓸했다.

십년전쟁이 터지고 란데르트 공작이 제국에 등장한 이래로, 황실의 위상은 언제나 그보다 높지 못했다.

황제가 백성을 위해 어떠한 좋은 정책을 펼치든 란데르트 공작을 향한 제국민들의 애정은 식을 줄 몰랐고, 그것을 뛰어넘기란 요원한 일이었다.

그에 알게 모르게 열등의식이란 게 황제를 좀먹었다. 티를 내지 않으려 노력했지만, 기민한 공작은 진즉에 그것을 알아채고 입궁 시엔 수행원을 최소한으로 꾸리는 등 본인이 할 수 있는 한 최선을 다해 그를 배려하고 있었다.

그랬던 공작이 오늘 처음으로 만월 기사단의 정예를 데리고 베르가라에 입성했다는 소식을 접했을 때, 황제는 머리가 얼얼할 수밖에 없었다. 배신감에 이어 분노로 몸이 부르르 떨렸고, 잠깐이나마 공작이 진심으로 자신에게 반기를 드는 것은 아닌가 싶기도 했다.

하지만 황태자를 본 순간 깨달았다.

바율, 공작의 하나뿐인 아들이자 가문의 후계자. 녀석이 걸린 일이었기 때문이다.

그간에는 충직한 신하였지만, 아들이 관계된 경우라면 공작은 충분히 달라질 수 있는 사람이었다. 그 사실이 황제로 하여금 서운한 마음이 들게 하는 한편, 두렵기도 했다.

조금 전 대전에서도 그렇고, 오늘 여러모로 공작은 황제를 그의 방식으로 겁박하고 있었다.

"좋다! 금번 일은 없었던 것으로 하지."

결국 장고 끝에 황제는 결단을 내렸다.

"이 시각부로 자연재해 문제를 해결하는 동안 같은 상황이 발생할 시, 그것에 대한 전권을 란데르트 백작에게 위임토록 하겠다."

"성은이 망극하옵니다, 폐하."

"단, 조건이 하나 있다."

고개를 숙여 감사함을 표하던 바율은 물론, 란데르트 공작과 린데만 황태자 등 다수가 긴장된 시선으로 황제를 올려다보았다. 그의 입에서 무슨 말이 튀어나올지 일순 모두의 심장이 두근거렸다.

"제국의 미래를 위해서였다고는 하나, 짐의 허락 없이 멋대로 군 점은 아무리 생각해도 약이 올라서 말이야."

약이…… 오른다고?

황제의 저급한 표현에 바율은 당황스러운 표정을 감출 수 없었다. 그 당혹감은 다음 순간 황당함으로 물들었다.

"짐과 체스 한판 어떤가?"

"…예?"

"듣자 하니 체스를 그렇게 잘 둔다고?"

"아주 잘은 아니지만…… 적당히 둘 줄은 압니다."

바율이 얼결에 대답하자 황제가 매우 근엄하면서도 진지한 어조로 결투를 청했다.

"체스만큼은 짐이 꼭 이길 것이다. 그래야 무너진 자존심을 회복할 수 있을 것 같거든. 각오 단단히 하고 오게나."

황제는 차라리 이참에 바율과 친목을 도모할 작정이었다. 그것이 장차 이 나라와 황실의 안녕을 위하는 길임을 아는 탓이다.

일부러라도 져 드려야 하나?

황제의 속내를 짐작조차 하지 못한 채 바율이 홀로 진지한 고민에 휩싸일 때였다. 느닷없이 대전의 문이 열리며 시녀 하나가 뛰어 들어와 무릎을 꿇으며 고했다.

"폐하! 카트린느 마마께 산기가 보이신다고 하옵니다!"

"산기라니! 벌써 말이냐?"

바율과 부드럽게 마무리를 지으려던 황제가 화들짝 놀라며 어좌에서 일어났다.

"아직 출산 날짜가 되지 않았거늘, 혹 문제라도 생긴 것이냐?"

"어의께서 하시는 말씀이, 이런 경우도 종종 있다 하시며 큰 문제는 없으실 거라 하였습니다. 다만 마마와 아기님의 건강을 장담할 수 없으니, 폐하께서 속히 왕림하여 주시길 바라시는 듯하였습니다."

"당연히 그래야지! 오늘 회의는 이것으로 마쳐야겠네!"

황제는 조금도 지체하지 않고 시녀를 따라 바로 황비궁으로 향했다. 예정대로라면 몇 주는 더 뒤에 태어나야 할 아기였다. 행여 아내와 자식이 잘못될까 봐 걱정인지 황제의 안색은 삽시간에 어두워졌다.

"보이텍 후작께서도 가 보셔야 하는 것 아닙니까?"

카느린느 황비는 후작의 딸이었다. 황제의 농간으로 애써 분노를 참고 있던 그가 잠시 란데르트 공작 측을 노려보고는 이내 고개를 끄덕였다.

"그래야지."

다음 대 보위를 이을 황자가 태어나는 순간이었다. 그걸 신하로서, 외조부로서 절대 놓칠 수 없었다.

"먼저 실례하겠습니다."

갑작스러운 사태에 당혹해하는 대신들을 남겨 둔 채 보이텍 후작도 다급히 황비궁으로 발길을 움직였다.

"황태자 전하, 저희도 자리를 옮기는 것이 좋을 듯하옵니다."

카트린느 황비의 출산 소식을 접한 후로 린데만 황태자는 입을 꾹 닫고 있다. 그에겐 그레이스와 같은 이복동생이 하나 더 생기는 일이었지만, 이번에는 경우가 조금 달랐다.

태어날 아기가 황자일 거라는 소문은 이미 공공연했다. 보이텍 후작을 중심으로 벌써부터 그 아이를 황태자로 추대할 조짐을 보이고 있기까지 하다.

물론 현재로썬 아버지의 무한한 지지를 받는 황태자였지만, 앞날은 모르는 것이다. 아직 정정하신 아버지였고, 훗날 그가 황위를 이을 때가 되면 카트린느 황비의 아들 역시 그리 어린 나이는 아니었다.

외가의 도움을 받을 수 없는 처지인 데다, 행여 아버지의 마음이 바뀌시기라도 한다면 황태자가 애물단지가 되는 것은 그야말로 순식간이었다.

그러한 일이 없기를 바라지만, 정치에 발을 담그고 성인

이 되고 나서 보니 세상은 그리 만만치 않다는 걸 몸소 깨닫는 중이었다.

동생을 온전히 동생으로 받아들이지 못하는 제 자신이 한심하게 여겨지는 건 덤이었다.

"염려되십니까?"

린데만 황태자의 처소에 란데르트 공작과 바율이 함께 자리했다. 상황을 살피러 황비궁으로 갔던 만월 기사단이 돌아와서 올린 보고에 의하면, 카트린느 황비가 사전에 허락하지 않은 자들은 신분을 막론하고 누구든 들어올 수 없다는 명을 내렸다고 한다.

보초를 서는 이들조차 황실 기사단이 아닌 사가에서 들인 자들로 세웠다는 걸 보면 그녀의 예민함의 정도가 어느 정도인지 가히 짐작이 가능했다.

"솔직히 마냥 기쁘지는 않네요."

란데르트 공작의 물음에 황태자가 힘없는 미소를 지으며 설핏 웃었다.

"신이 항상 전하 곁에 있을 겁니다."

"…압니다. 할마마마와 제인 숙부 때문이지요? 두 분 덕에 공작님께서 절 지지하신다는 거 잘 알고 있습니다."

"완전히 틀린 말씀은 아니지만, 꼭 그 때문만은 아닙니다. 저는 황태자 전하께서 생각하시는 것보다 훨씬 까다로운 편이거든요."

"까다롭다니요?"

"황태자 전하에게서 성군이 되실 자질을 보았기 때문입니다. 외람된 말씀이오나, 그렇지 않았다면 전 전하를 지지하지 않았을 겁니다."

처음 듣는 이야기였다. 불안하고 초조한 기색이 역력하던 린데만 황태자가 멍하니 눈을 들어 공작을 응시했다.

"그러니 마음 놓으십시오. 신과 제 아들이 있는 한, 전하를 곤란에 처하지 않게 할 것입니다."

란데르트 공작의 말투는 매우 부드러웠으나, 단호함 또한 서려 있었다. 그 곁에서 바율이 공작과 같은 얼굴을 한채 그와 눈을 맞췄다.

그러자 황태자는 없던 기운도 솟아나는 것 같았다.

제국의 제일가는 두 사내가 그의 편이었다. 무서울 게 있다면 둘의 기대에 부응하지 못하는 자기 자신이지, 다른 게 아니었다.

"감사합니다."

그렇게 황태자는 평정심을 되찾았고, 몇 시간 후 황비궁에서 기별이 왔다. 예상대로 황자가 태어났다는 소식이었다. 황제는 황실의 경사라며 열흘 동안 성대한 연회를 개최하였다.

새 학기 준비로 인해 캐링스턴으로 떠난 바율을 제외한 모든 대신은 이유를 불문하고 반드시 그 축하연에 참석해야만 했다.

새로운 황자의 탄생.

바야흐로 제국에 새로운 국면이 몰아치고 있었다.

Chapter 9.
돌상 소동

1.

 캐링스턴 아카데미 정문 앞이 오랜만에 북적거리며 소란
스러웠다. 따뜻한 남부 도시답게 아카데미는 입구부터 만
개한 꽃들로 가득했는데, 그 싱그러운 꽃잎들 사이로 유독
상기된 표정의 학생들 모습이 많이 들어왔다.

 대부분이 앳된 얼굴에 반질거림 하나 없는 새 교복을 입
은 것으로 보아 올해의 신입생들임을 금방 알 수 있었다.

 이백여 년의 긴 역사와 오랜 전통을 자랑하는 캐링스
턴 아카데미는 전교생이 기숙사 생활을 해야 한다는 방침
을 유지했다. 그래선지 아카데미에 첫발을 내딛는 자녀들
을 배웅하고자 따라나선 학부모들도 상당수 눈에 띄었다.

개중엔 자녀와 처음으로 떨어져 보는 이들도 제법 될 터였다.

덕분에 안 그래도 혼잡한 교문 근처는 때때로 아슬아슬한 광경이 연출되기도 하였다. 좁은 공간에 마차와 인력거, 사람들이 한데 뭉쳐 있으니 당장 사고가 나더라도 하등 이상한 상황이 아니었다.

아카데미 측에서도 일찍이 직원들이 나와 통제하고는 있었지만, 그들로서는 역부족이었다. 무슨 까닭인지 전년에 대비해서 몇 배나 많은 인원이 몰려든 탓이었다.

"으아아!"

그러다 결국 문제가 터지고야 말았다. 손님을 내려 주고 돌아서 내려가던 마차 한 대가 마주 오던 마차를 미처 피하지 못하고 들이받은 것이다.

급히 말머리를 돌려 그나마 말끼리 충돌하는 사태는 면했지만, 바퀴와 수레 부분이 부딪치면서 나무가 깨지는 둔탁한 소음을 만들어 냈다.

"까악!"

아카데미를 향해 올라오던 마차의 내부에서 학생으로 추정되는 아이의 새된 비명이 터졌다. 양측 마부들은 이미 충격으로 인해 균형을 잃고 바닥으로 고꾸라지는 중이었다.

위험에 처한 건 그들만이 아니었다. 하필 사고가 일어난 지점은 언덕길이었고, 수많은 마차들이 속도를 높인 채 질주해 오고 있었다. 선두의 마부가 급히 고삐를 당겨 말을 멈추게 하려 하였으나, 관성의 법칙을 무시하기란 어려웠다.

다중 추돌이 일어날 수도 있는 일촉즉발의 상황!

쑤아앙!

어디선가 갑자기 돌풍이 불어와 쓰러지려는 마부들을 부드럽게 감쌌다. 그 바람은 줄지어 달려오던 마차와 말들에게까지 영향을 끼쳤다. 공기의 저항 덕에 속도가 순식간에 줄면서 앞 마차와의 충돌을 피한 것이다.

"크헉!"

"사, 살았다!"

꼼짝없이 사고를 당할 줄 알았던 사람들은 놀란 숨을 헐떡거렸다. 주변에 있던 이들 역시 저마다 가슴을 쓸어내리며 안도했다.

하마터면 대참사로 이어질 뻔한 긴박한 순간이었다. 땅바닥에 나동그라지기 직전이던 마부들은 어리둥절하며 일어섰다. 그들은 당연하게도 긁힌 자국 하나 없이 멀쩡했다.

그때 마차 한 대가 다가와 섰다.

"다들 괜찮으십니까?"

그리곤 그 안에서 교복을 입은 학생 한 명이 걱정스러운 음색을 발하며 내렸다.

중키에 마른 몸, 하얀 얼굴은 대단히 맑고 투명했으며 귀와 목을 덮는 은색의 머리칼은 햇살을 받아 마치 보석처럼 반짝거렸다.

그가 누군지는 굳이 설명이 필요하지 않았다. 등장만으로도 범접할 수 없는 분위기를 뿜어내는 소년의 왼쪽 가슴에는 파란색 엠블럼이 수놓아져 있었다.

전교생, 아니 이제는 전 제국민이 다 아는 인물이었다. 어쩌면 대륙 전체가 그를 안다고 해도 과언이 아니었다.

제국의 위대한 첫 번째 정령사.

살아 있는 전설이라 불리는 란데르트 공작의 유일한 아들.

열일곱의 나이에 황제에게 직접 관직과 작위를 하사받은 바율 로마노프 혼 란데르트 백작.

그가 이 아카데미에 다니고 있고, 올해로 3학년이 되었다는 것은 너무나 유명했다.

바율은 몰랐지만, 그로 인해 이번 신입생들의 입학 경쟁률은 사상 최고를 찍었다. 오늘 정문 앞에 이토록 많은 인파가 몰린 것 역시 그를 보기 위함이었다.

사고가 아니었다면 곧장 교내로 향했을 바율을 소원대로 마주하게 되었으니 그들 입장에선 완전 계 탄 격이었다.

"다친 데는 없으신 거죠?"

"네! 네!"

"가, 감사합니다!"

바율이 재차 묻자 그제야 정신을 차린 마부들이 연신 허리를 굽히며 고맙단 말을 쏟아 냈다. 바율을 보고 잠시 멍해진 탓에 미처 자각이 늦었다. 방금 전 그들의 몸을 훑고 지나간 바람은 결코 우연이 아니었다.

"안에는 좀 어떠신가요?"

충돌한 마차 중 한 대는 비었지만, 나머지는 사람이 타고 있었다. 비명을 듣지 못했다면 모를까. 상태가 어떤지는 확인해야 할 것 같았다.

끼이익.

마차가 충돌하면서 문틀이 어긋난 듯, 나무 문이 삐걱거리며 열렸다. 그리고 안에서 노란색 엠블럼을 단 여학생이 왜인지 조금 들뜬 얼굴로 내려섰다.

"괜찮니?"

바율은 이제 3학년이었다. 이제 막 입학한 신입생이 교문에 들어서기도 전부터 사고를 당할 뻔했으니 얼마나 놀랐을까 걱정이 앞섰다.

그런데 바율의 물음에 되돌아온 건 무척이나 당찬 인사 말이었다.

"안녕하세요, 바율 선배님! 전 젬마 루드비히 드 메켄지 라고 합니다! 만나 뵙게 되어 영광입니다!"

"…어, 그래. 나도 반가워."

목소리가 쌩쌩한 게 어디 다친 구석은 없어 보였다. 그에 바율은 다행이라고 덧붙이며 돌아섰다. 아니, 돌아서려고 했다. 생각지도 못한 말을 듣기 전까지는.

"선배님을 좋아합니다!"

"…뭐?"

바율은 진심으로 황당했다. 그래서 무어라 대꾸도 하지 못한 채 그저 눈만 깜박거렸다.

내가 뭘 들은 거지?

제대로 들은 게 맞긴 한 건가?

바율의 기억이 잘못된 게 아니라면, 상대와 그는 지금이 첫 만남이었다. 황궁에서 열린 파티에 참석한 적이 있으니 그곳에서 스쳐 지나갔을 수도 있었겠지만, 단언컨대 얘기 조차 나눠 본 적 없었다.

그냥 잊기에는 지나칠 정도로 예쁘게 생긴 아이였다. 허리까지 내려오는 결 좋은 머리칼은 금실처럼 빛났고, 작고 동그란 얼굴에, 눈동자는 에메랄드 원석을 박아 놓은 것 같

있다. 사랑을 듬뿍 받고 자란 티가 보는 것만으로도 알 수 있을 만큼, 건강하면서도 활기 넘치는 소녀였다.

"황당해하실 거 잘 알아요. 처음 보자마자 왜 이러나 싶으시죠?"

바율이 대답 없이 어색하게 웃기만 하자 그녀가 말했다.

"바율 선배님이 베르가라에서 비를 내리시는 걸 직접 보았습니다. 그때부터 존경하고 좋아하게 되었어요. 캐링스턴 아카데미에 오게 된 이유가 선배님이기도 하고요. 선배님을 만나면 꼭 고백하고 싶었습니다! 뒤에서 열심히 응원할게요!"

뭘 응원한다는 것인지는 모르겠지만 바율은 일단 알겠다는 뜻으로 고개를 끄덕였다. 보는 눈들이 점점 늘어나고 있어서 곤란함이 이루 말할 수가 없었다. 일단 이 상황을 벗어나고 싶었다.

"제 이름 기억하시죠? 다음에 마주치면 편하게 젬마라고 불러 주세요!"

젬마가 바율을 향해 하얀 이를 드러내며 환하게 웃었다. 웃는 낯에 침 못 뱉는다고 하더니, 바율이 딱 그랬다. 엄청난 말을 던진 것과는 별개로 아이가 참 해맑았다.

"바율, 안 타니?"

당황한 바율이 어찌할 바를 몰라 고심하는 찰나, 다행스럽게도 구원자가 있었다. 마차에 같이 타고 있던 라나사였다. 둘은 해밀턴에서부터 함께 캐링스턴으로 넘어왔다.

"어, 어! 지금 가! 그럼 우린 나중에 보자."

바율은 기회는 이때다 싶어 젬마에게 서둘러 인사하고는 황급히 마차에 올라탔다.

"또 봐요, 선배님!"

멀어지는 마차에 대고 소리치는 젬마의 목소리가 들렸다. 그에 바율이 고개를 가로젓자 라나사가 웃음기 가득한 얼굴을 하고 물었다.

"개강 첫날부터 고백을 받은 소감이 어때?"

"지금 나 놀리는 거야?"

"순수한 호기심이라고 생각해 줄 순 없어?"

"없어!"

"푸흡!"

바율의 보기 드문 단호한 대꾸였다. 라나사는 결국 웃음보가 터졌고, 킥킥거리며 눈물까지 찔끔 흘렸다.

"난 창피해 죽겠는데, 라나사 넌 웃음이 나와?"

"왜, 꽤 귀여웠잖아. 이건 내 느낌이지만, 젬마라는 아이는 널 이성으로 좋아한다기보다 우러러보는 것 같았어."

"날 우러러본다고?"

"응, 한마디로 동경의 대상인 거지."

"그게 그 말 아니야?"

"아니야, 좋아하는 것과 동경심엔 분명한 차이가 존재한다고. 아! 내가 헤이즈 경을 생각하는 마음이랑 비교하면 되겠다. 바로 이해되지?"

라나사의 적절한 비유에 바율은 '그런가?' 하며 고개를 갸웃거렸다.

"그리고 내가 장담하는데, 앞으로 이런 상황은 계속 벌어질 거야. 그러니 미리 예행 연습했다고 쳐."

"그런 악담은 못 들은 걸로 할게."

"악담이라니. 바율, 이건 친구로서 해 주는 충고야. 참, 되도록 슈빅은 피하는 게 좋겠다. 네 정신 건강을 위해서라도."

"아, 맞아. 그 녀석이 있었지."

젬마의 고백 공격(?)에 제일 강적을 그만 잊고 있었다. 방학 동안 바율에게 어떤 일이 있었는지 슈빅도 분명 알고 있을 것이다. 녀석에게 시달릴 걸 생각하니 벌써부터 머리가 지끈거렸다.

"어떻게 하면 슈빅을 최대한 늦게 만날 수 있을까?"

"글쎄. 그건 나도 예측 불가라……."

천하의 라나사가 도리질을 쳤다는 건 불가능에 가깝다는 뜻이었다. 바율은 사물함에 도착하는 순간 그 진리를 깊이 깨우쳤다.

"바아유울!"

슈빅이 본인의 긴 다리를 이용해 저 멀리서부터 바율을 향해 빠르게 달려오고 있었기 때문이다. 과연 녀석의 첫마디는 무엇일까.

랑트에 생긴 세계수일까?

그도 아니면 혹시 아리아나와 관련된 것일까?

인간은 적응의 동물이라고 하더니, 바율은 급기야 먼저 추측까지 하는 경지에 이르렀다.

"안녕, 슈빅. 방학 동안 잘 지냈어?"

"내가 잘 지냈을 리가 있냐! 바율, 넌 어떻게 된 게 방학만 하면 엄청난 파문을 몰고 다니냐! 내가 진짜 너 때문에 제 명에 못 산다, 못 살아!"

슈빅이 원망하듯 투덜거리며 바율의 등짝을 내리치려 했다.

"아앗!"

하지만 그의 손보다 빠른 움직임이 있었으니, 바로 라나사였다. 저만치 떨어진 사물함에 있던 그녀가 어느새 다가와 슈빅의 손목을 낚아챘다.

"라, 라나사!"

잡힌 손목이 부러질 것만 같았다. 슈빅이 살려 달라는 듯

애처로운 눈길로 쳐다보자 라나사가 싸늘한 음성을 내뱉었다.

"내가 바율한테 손대지 말라고 했지?"

"어어, 내가 잠깐 깜박했어. 미안, 미안해!"

"좋은 말로 할 때 적당히 해라. 안 그러면…… 알지?"

손목의 두께 자체는 라나사가 훨씬 얇고 가느다란데도 슈빅은 도통 꼼짝할 수가 없었다. 그녀가 다른 한 손으로 가볍게 입가를 툭툭 치자 녀석이 미친 듯이 고개를 주억이며 약속했다. 일전에 옥수수를 털어 버리겠다는 그녀의 경고가 떠오른 것이다.

"다, 당연하지! 이제부터 진짜로 조심할게!"

라나사는 조금도 믿을 수 없다는 기색을 하면서도 마지못해 손목을 놓아주었다. 그사이 벌써 손자국이 불그스름하게 나 있었다.

"휴! 오늘은 다행히 아닌가 봐."

라나사가 다시 사물함으로 돌아가자 슈빅이 바율의 귀에 대고 속닥였다.

"전에 내가 예언한 거 기억해? 언젠가는 라나사한테 맞을 것 같다고 그랬잖아."

"아, 그거?"

"응, 오늘은 잘 피해 갔어!"

그런 스스로가 대견하다는 양 슈빅은 금세 어깨를 으쓱였다.

"아! 그나저나 바율, 랑트에 세계수가 생겼다면서? 그거 진짜야? 나 그 소문 듣고 며칠 내내 잠도 못 잤잖아!"

역시 세계수가 먼저였구나.

바율이 홀로 피식 미소를 짓는데, 돌연 슈빅이 손에서 뭔가를 내밀었다.

"그리고 이거! 랑트에서 사대 정령 스탬프를 찍으면, 바율 네 돌상을 사은품으로 준다면서?"

"…슈빅, 너 이거 어디서 났어?"

돌상은 바율로 하여금 먼지가 되어 사라지고 싶은 충동을 느끼게 할 만큼 부끄러운 물건이었다. 그것이 버젓이 아카데미에, 그것도 슈빅 손에 들려 있다는 것에 바율은 절망했다.

그런 바율의 기분을 알 리 없는 슈빅은 우쭐거리며 자랑했다.

"어디서 나기는! 돈 주고 구입했지! 내가 진짜 웃돈까지 더 얹어 주고 샀다니까?"

"…웃돈이라니?"

"이거 얻으려고 지금 다들 난리도 아니거든. 그나마 난 운이 좋았지. 내 룸메는 집안의 가보로 삼아서 두고두고 물려주겠다고 하더라!"

"가, 가보?"

바율은 뒷목을 부여잡았다. 후회가 물밀 듯이 몰려들었다. 사은품을 진즉에 다른 것으로 대체했다면 이런 일은 벌어지지 않았으리라. 바쁘고 정신없단 핑계로 방치해 둔 과거의 자신이 원망스럽기까지 했다.

"그만큼 바율, 네가 대단하다는 거 아니겠냐? 이럴 줄 알았으면 나도 겨울 방학 때 랑트에 갈 걸 그랬어! 그러면 에이단처럼 돈을 팍팍 긁어모을 수 있었을 텐데!"

"에이단이라니? 슈빅, 갑자기 여기서 에이단이 왜 나와?"

"몰랐어? 나 이거 그 녀석한테 산 건데."

"돌상을…… 에이단에게서 샀다고?"

바율은 어이가 없다 못해 허탈해서 헛숨만 삼켰다. 단순히 랑트에 놀러 왔던 학생 중 누군가가 재미 삼아 판 것이라 생각했건만, 설마 그 거래의 주인공이 자신의 절친일 줄은 꿈에도 몰랐다.

에이단에게는 물으나 마나였다.

그놈의 생활비를 벌겠다고 이 사달을 만들었을 게 뻔했다.

"에이단 지금 어디 있니?"

바율의 한숨이 깊어지자 어느덧 다시 다가온 라나사가 물었다. 슈빅은 뭐가 문제인지 알 수 없다는 표정이었지만, 군말 없이 어디론가 앞장섰다. 딱 봐도 그녀가 무서운 기색이었다.

잠시 후, 그들이 도착한 곳은 광장의 한구석이었다. 많은 학생이 한데 모여 있는 중간쯤에서 에이단의 카랑카랑한 목소리가 울려 퍼지고 있었다.

"방금 12쿠나 나왔습니다! 13쿠나 없습니까?"

"여기! 여기 내가 13쿠나 낼게!"

"오, 13쿠나! 아주 탁월한 선택이십니다, 선배님! 이 돌상으로 말할 것 같으면 절대, 결단코, 돈으로는 못 사는 귀한 물건이죠. 오로지 랑트에 직접 방문해서 스탬프를 하나하나 모은 이들에게만 제공되는, 매우 희귀한 사은품이다, 이겁니다!"

"14쿠나! 아니, 15쿠나!"

"16쿠나! 참고로 난 20쿠나까지도 부를 수 있어!"

열기가 어마어마했다. 바율의 돌상을 미끼로 에이단은 아예 간이 경매장을 차린 상태였다. 상인의 자식답게 배운 게 흥정이라고, 경매 가격을 올리는 솜씨가 아주 제법이었다. 녀석의 입에선 청산유수로 말이 흘러나왔다.

"제가 들고 있는 이 돌상! 이게 마지막이라는 건 다들 알고 있는 거 맞죠? 나중에 땅을 치고 후회해도 소용없습니다! 저한테 돈 들고 달라고 해 봤자 그땐 저한테도 없어요!"

"30쿠나!"

녀석의 말발이 적중했다. 경매가가 순식간에 30쿠나로 껑충 뛰어올랐다. 에이단의 입꼬리가 찢어질 정도로 올라가는 게 눈에 보였다.

'에이단, 너……!'

바율의 속이 부글부글 끓었다. 마음 같아선 확 비라도 내려 경매를 파탄 나게 하고 싶었지만, 차마 그렇게 하지 못하는 건 돈에 쪼들리는 녀석의 상황을 누구보다 잘 알기 때문이었다.

하지만 아무리 그래도 그렇지, 어떻게 에이단이 제게 이럴 수 있단 말인가.

바율은 정말이지 분하고 야속했다. 그가 돌상을 부끄러워한다는 건 친구들 전부가 아는 사실인데 말이다.

그때였다.

촤아아악!

바율의 속내를 읽기라도 한 양 별안간 하늘에서 물벼락이 쏟아졌다.

"엄마야!"

"앗, 차가워!"

갑작스러운 물세례에 놀란 아이들이 비명을 지르며 사방으로 흩어졌다. 에이단은 물론이고 주변에 있던 학생들 모두가 한순간에 비 맞은 생쥐 꼴이 되었다.

정수리에서 흘러내리는 물기 탓에 에이단은 시야가 흐렸다. 녀석이 얼굴을 대충 손으로 닦아 내고는 눈을 크게 두어 번 깜박였다.

"너 뭐 하는 거야?"

"…퀸?"

에이단의 앞에 장정처럼 우뚝 선 것은 퀸이었다. 녀석이 키 차이로 인해 고개를 뒤로 한껏 젖힌 채 퀸을 올려다보았다.

"미쳤냐, 너?"

퀸은 상당히 화가 난 상태였다. 그래서인지 평소보다 언사도 한층 과격했다.

"너야말로 미쳤냐? 물벼락은 대체 왜 뿌린 건데?"

뒤늦게 정신을 차리고 나자 에이단 역시 슬슬 노기가 치밀었다. 제대로 보지는 못했지만, 분수대의 물을 끌어다가 이 사태를 만든 게 분명했다.

"내가 지금 얼마나 중요한 거래 중이었는지 알아? 네가 그걸 다 망쳤다고!"

"할 짓이 있고, 하면 안 될 짓이 따로 있지. 넌 그딴 기본적인 분간도 못 해?"

"뭔 말이야. 알아듣게 설명해."

"그 돌상, 바율 허락은 받고 파는 거냐?"

"내가 직접 랑트에서 얻은 건데 왜 바율 허락을 받아야 해? 이건 내 거잖아."

"후…… 그래, 물건 자체는 네 거가 맞긴 하지. 근데."

퀸이 허리를 숙여 심연과도 같은 깊은 푸른색 눈을 들이대며 나직이 뇌까렸다.

"바율이 이걸 좋아하겠냐?"

"뭐?"

"보기만 해도 창피하다며 제 눈앞에서 치우라고 하던 녀석이야. 근데 그런 돌상을, 친구라는 놈이 이런 식으로 팔면 기분이 어떨 것 같아?"

"…좋지는 않을 것 같네."

미처 거기까지는 염두에 두지 못했다는 듯 에이단이 난색을 표했다.

"난 그냥, 돈이 좀 필요해서……."

"핑계로 대기엔 네 생각에도 너무 빈약한 것 같지?"

"…바율이 모르게 하면 안 될까? 그 녀석, 진짜로 속상해할 텐데 어쩌지? 아 씨, 내가 너무 경솔했다. 빨리 집에서 나와야겠단 생각에 잠깐 정신이 나갔었나 봐. 군식구 데려갔다고 악마들이 완전 이리저리 갈구고 장난 아니었거든."

결론적으로 용암 골렘인 티미를 거두는 데는 합의했다. 그러나 그 과정에서 에이단은 가족들에게 갖은 멸시와 핍박을 당해야만 했다. 그래서 어떻게든 사비를 모아 하루라도 빨리 독립을 하고자 하는 욕심 때문에 바율 돌상을 경매에 이용했다.

"안타깝지만 이미 늦었어."

퀸이 한 걸음 옆으로 비켜나자 바율과 라나사, 그리고 슈빅이 한눈에 들어왔다.

"으악! 설마 이미 다 본 거야?"

"아마도?"

퀸의 대답에 에이단은 울상이 돼서는 바율을 향해 걸어 갔다. 학기 초부터 친구의 심기를 상하게 했으니 입이 열 개라도 할 말이 없었다.

"바율……."

"……."

"미안해."

"……."

"내가 너무 내 생각만 했어. 네가 이걸 질색한다는 걸 깜박했지 뭐야. 욕을 해도 다 듣고, 때려도 전부 맞을게. 제발 용서만 해 주라. 응?"

이쯤 했는데도 바율이 아무 대꾸도 하지 않자 에이단은 불안했다. 현장에서 덜컥 들켜 버렸으니 그런 마음은 더했다. 어느 정도 화가 났을지 짐작조차 할 수 없었다.

"줘."

에이단이 초조함에 입술을 깨물 때, 바율이 돌연 손을 내밀었다. 녀석이 무슨 뜻인지 몰라 눈만 슴벅거리자 바율이 에이단에게서 돌상을 빼앗았다.

"이건 압수야."

"야! 그래도! 그건 나한테 하나 남은 거야!"

"그래서, 또 경매에 내놓게?"

"그게 아니라…… 나도 간직할 건 있어야지."

"방금은 마지막 돌상이라며 가격을 막 올리던데?"

"……."

지은 죄가 있으니 에이단은 변명할 거리도 떠오르지 않았다. 돌상이 하도 잘 팔려서 흥분하는 바람에 여기까지 왔다.

"꼭 하나 갖고 싶거든 퀸에게 달라고 하든가."

라나사는 그냥 한 말이었다. 돈 때문에 고생하는 에이단이 살짝 딱해 보이기도 했고, 랑트에서 퀸이 얼마나 열심히 바율의 돌상을 모았는지 알고 있었기 때문이다.

"내가 왜?"

그러나 퀸은 전혀 그럴 마음이 없다는 양 단호하게 못 박았다. 그걸 얻자고 수하들까지 동원했다. 단 한 개라도 내어 줄 수 없었다.

"바율! 이 돌상, 네가 만든 거 아니었어?"

그때까지 돌아가는 사정을 잠자코 지켜보던 슈빅이 이상하다는 듯 끼어들었다.

"아니, 이게 왜 싫어? 나 같으면 스스로가 자랑스러워서 미칠 것 같은데! 너희는 안 그러냐?"

슈빅에게는 도무지 납득할 수조차 없는 상황이었다. 바율이 당연히 좋아할 거라고 생각했던 녀석은 영문을 모르겠다며 연신 고개를 저었다.

그러자 에이단이 경매까지 열어 돌상을 팔려고 할 때는 언제고 바율의 역성을 들었다.

"바율이 너랑 같냐? 이 녀석은 남들에게 관심받는 거 싫어하잖아. 내가 잠시 돈에 눈이 멀어서 그걸 잊은 거지. 슈빅, 너 같은 관심 종자는 아마 평생 이해 못 할 거다."

"내가 이해를 하고 자시고를 떠나서, 바율은 이미 요주의 인물이야. 아카데미에서 이 녀석에게 관심 없는 사람이 누가 있겠냐? 안 그래?"

슈빅만 해도 친구들에게 가장 많이 듣는 질문이 바율과 관계된 것이었다. 그도 아니면 바율의 친구들에 관해서거나.

"바율 너, 오늘은 등교하기 전부터 신입생에게 고백을 받았다면서? 그것도 많은 사람이 보는 앞에서!"

"고백?"

"바율이 고백을 받았어?"

"누구한테?"

"이번엔 어떤 녀석인데?"

연이어 터진 음성의 주인들은 퀸과 에이단, 그리고 어느새 다가온 로건과 일라이였다. 아카데미 제일 인기남들답게 멋들어지게 교복을 갖춰 입고 나타난 둘의 모습은 어디 한 군데 흠잡을 데 없이 완벽해 보였다.

"젬마 루드비히 드 메켄지! 올해 마법학부 신입생이지!"

"설마 레닉스 지방의 그 메켄지 후작 가문을 말하는 거야? 대대로 대마법사를 배출한 그 가문?"

"헐! 거기 딸이 바율에게 입학 첫날부터 고백을 했다고?"

"메켄지라면 나도 들은 적 있어. 란데르트 공작님과 꽤 오래도록 뜻을 같이해 왔다고 아는데, 맞나?"

"퀸, 요새 너 우리나라 정치에 대해 공부 중이냐? 가끔 보면 은근 이것저것 다 아는 거 같아."

인어국의 왕자인 퀸에게는 제국의 정세를 살피는 일 또한 매우 중요했다. 그걸 일일이 설명할 필요성을 느끼지 못할 뿐, 그의 눈과 귀는 항시 열려 있었다.

"그 젬마라는 아이 실력이 보통이 아니래. 어려서부터 마법 훈련을 엄청나게 받았나 봐. 소문에는 이미 3서클 마스터란 얘기도 있어."

"당차 보이긴 하더라."

라나사의 인정에 친구들은 모두 놀란 토끼처럼 눈을 치떴다.

"라나사 네가 그렇게 말할 정도라니 왠지 궁금해지네."

"만나자마자 대놓고 고백을 한 걸 보면 성격이 만만치 않겠어."

"우리 바율 또 피곤해지는 건 아닌가 모르겠다."

"에이단."

"…어?"

"날 피곤하게 한 건 젬마가 아니라 너야. 진짜 또 이러기만 해. 나도 화낼 수 있다는 걸 보여 줄 테니까."

"오오!"

"우리 바율이 달라졌어요!"

"에이단, 너 조심 좀 해야겠다."

"친구 하나 잃게 생겼어."

에이단이 시무룩한 표정을 짓건 말건 친구들은 녀석을 놀리기에 여념이 없었다. 바율은 본래 뒤끝 있는 성격이 아니었지만, 그런 친구들의 놀림에 기꺼이 동참하는 것으로 에이단에게 소심히 복수했다.

Chapter 10.
날벼락

1.

면책권을 폐지함으로써 아리아나를 범죄자들로부터 구해 내고, 아무것도 없던 땅에 저수지와 초원, 농경지를 건설했다는 바율의 무용담은 개강 후 두어 달이 넘도록 아카데미의 최대 화젯거리였다.

뿐인가.

랑트에 등장한 세계수와 그 주변을 지키는 신비한 페어리들에 대한 소문 역시 학생이 둘 이상 모였을 때 대화의 화두가 된 지 오래였다.

그 모든 이야기의 주인공인 바율이 교정을 지날 때마다 시선이 집중되는 건 너무나 당연한 이치였다.

남들에게 주목받는 걸 달가워하지 않는 성격 탓에 꽤 피로하기는 했지만, 바율은 그래도 전보다는 견딜 만하다고 생각했다.

　그간 심신이 알게 모르게 단련되기도 하였고, 친구들이 그를 대신해 애써 주었기 때문이다. 누군가 과하게 접근이라도 할라치면 다들 눈에서 불을 뿜어 대니, 어느 순간부터는 학생들 사이에 아예 바율과 일정 거리를 유지하는 규칙이 생기기도 했다.

　물론 친구들의 까칠한 태도가 바율에게 말을 거는 모든 이들에게 적용된 것은 아니다.

　1학년 시절부터 잘 지내 왔던 친구들이나, 새롭게 강의를 같이 듣게 된 동기들, 혹은 예를 갖춰 인사해 오는 후배들에겐 바율 역시 따뜻하게 미소를 지으며 대했다.

　그로 인해 '꽃미소 백작님'이란 별명이 붙었다는 건 나중에 슈빅을 통해 듣게 되었다. 바율이 자신과는 어울리지 않는 것 같다며 한마디 하자, 라나사는 이렇게 말했었다.

　　"그래도 얼음 여신보다는 낫지 않니?"

　아카데미에서 라나사는 이제 완전히 세이모어가의 사람으로 인식되었다. 더 이상 그녀를 두고 누구도 숙덕거리지 않았다. 오히려 라나사가 로건과 라피트와 잘 지내는 것을 보고 부러워하는 눈길이 늘었을 뿐이다.

뾰족하게 세웠던 가시를 어느 정도 내려놓게 된 라나사는 요즘 웃는 일이 잦았다. 그럼에도 특유의 서늘한 분위기는 지워지지 않아서 그녀는 여전히 '얼음 여신'이었다.

사족 하나를 덧붙이자면 겨우 유급을 면하고 2학년이 된 라피트의 별칭 또한 변함없이 '또라이'였다.

외모를 제외하고는 아카데미 최고 인기남이자 모범생인 제 형과 하는 짓이 달라도 너무 달랐기 때문이다. 그래서 초반에 호감을 갖고 다가온 여학생들 대개가 시간이 지나면 약속이라도 한 듯 전부 녀석과 거리를 두었다.

여기 한 사람만 빼고는.

"라피트 선배님, 중간고사는 잘 보셨어요?"

"또 너냐?"

식당에서 홀로 식사 중이던 라피트는 귀찮은 기색이 역력한 얼굴로 맞은편을 응시했다. 남들이 들으면 믿지 못하겠지만, 근래 녀석은 눈앞의 상대에게 들들 볶이는 처지였다.

"또라니요. 반갑게 좀 맞이해 주시면 안 돼요?"

"진짜로 반가워야 반갑게 대하지. 오늘은 뭐 때문인데?"

"헤헤, 역시 선배님이 최고예요."

라피트를 향해 해맑게 웃으며 자리 잡는 소녀는 새 학기 첫날부터 바율에게 당당히 고백해 유명 인사가 된 젬마였다. 그녀가 버릇처럼 노트를 펼치고 깃펜을 손에 쥔 채 빠르게 질문했다.

"작년에 바율 선배님이 캐링스턴 대표로 마르세이 아카데미와의 대항전에 나가셨잖아요. 거기서 헥터 새끼, 아니 자레드 놈과 체스를 두셨죠. 그런데 초반에 일부러 퀸과 룩을 내어 주고 게임을 하셨다고 하던데, 그게 정말 사실인가요?"

"응, 맞아. 그때 바율 형 완전 포스 대박이었지!"

기억이 새록새록 떠오르자 라피트의 굳은 미간이 오랜만에 활짝 펴졌다.

"자레드 그 쓰레기 자식이 실력이 이것밖에 안 되냐며 비아냥거리니까 바율 형이 뭐라고 한 줄 알아?"

"뭐라고 하셨는데요?"

"이런, 내가 오해를 샀네. 난 이제부터 시작이거든. 이 정도는 주고 해야 네 체면이 조금은 살 것 같아서 말이야. 캬! 그때 진짜 끝내줬다, 끝내줬어!"

바율의 말투를 그대로 흉내 내며 라피트가 새삼 감탄사를 터트렸다.

"그러고는 아주 흐름을 바꿔 파죽지세로 몰고 가는데,

자레드 놈이 꼼짝을 못하더라고. 바욜 형, 내가 알고는 있었지만 진짜 체스 실력이 장난이 아니야."

"와! 어떻게 룩과 퀸을 내주고 이길 수가 있죠?"

"그러니까 그 형이 선수인 거지! 란데르트 공작 전하도 체스로는 바욜 형을 못 이기신대. 재밌지 않냐?"

제국의 살아 있는 전설이라 불리는 공작이 아들에게 고작 체스로 밀리다니. 라피트는 그 생각을 할 때마다 키득키득 웃음이 새어 나왔다.

"전교생이 보는 앞에서 망신을 당했으니 자레드란 놈, 엄청 창피했겠네요. 그래서 그 칼부림 사건을 일으킨 거겠죠?"

"그렇지. 화풀이를 한 셈이지. 미친 새끼."

놈을 떠올리자 라피트는 절로 욕이 튀어나왔다.

"아직 살아 있을까요?"

"글쎄. 놈이 끌려간 수용소가 꽤 악명 높은 곳이라서 지내는 게 만만치는 않을 거야. 평생을 거기서 썩어야 할 텐데 얼마나 버틸 수 있을지 모르겠네. 뭐, 내 알 바 아니지만."

자업자득이란 말이 괜히 있는 게 아니었다. 많이 봐줘서 그 정도인 거지, 한 짓을 따져 보면 사형을 당해도 싼 놈이었다.

"그 일로 헥터 공작가가 후작가로 격하되면서, 란데르트 공작가가 제국의 유일한 공작 가문이 되었잖아요. 저는 이 부분이 정말 정말 마음에 들어요!"

젬마가 어찌나 기쁜 표정을 짓는지, 누가 보면 이번 중간고사에서 학년 수석이라도 차지한 줄 오해하고도 남을 법했다.

"저번에도 물어봤지만, 넌 바율 형이 그렇게 좋냐?"

"네! 엄청요!"

"왜?"

"멋있잖아요! 세상에 단 한 명뿐인 정령사인데, 선배님은 안 멋있으세요?"

"바율 형이 멋지긴 하지. 그런 능력을 갖고도 잘난 척 한 번을 안 해요. 인성까지 남다르다니까."

"그러니까요! 제 말이 그거에요! 얼굴은 또 어떤데요? 여자인 저보다도 더 예쁘시잖아요! 하아, 정말이지 너무나 완벽하신 분이에요."

"너도 참 콩깍지가 제대로 씌웠구나. 어째 옛날의 나를 보는 것 같네."

젬마를 바라보며 라피트는 고개를 절레절레 내저었다.

이 녀석은 제 별명을 알고는 있을까?

미모와 실력으로 아카데미를 평정했던 라나사의 뒤를 위

협하는 존재가 있었으니, 바로 젬마였다.

좋은 집안에 또래보다 우월한 마법 능력, 거기에 훌륭한 외모까지 갖춘 그녀는 특유의 밝은 성격으로 친구들과 두루 원만한 관계를 유지하고 있었다.

그런 녀석의 별명은 라나사와 정반대라 할 수 있는 '명랑 여신'이었다.

대체 이런 건 누가 짓는지 창의성이라고는 찾으려야 눈곱만큼도 찾을 수가 없었다.

하지만 분명한 건 신기하게도 다들 그렇게 부른다는 것이었다. 묘한 일이었다.

"혹시 가족인 걸 모른 채 라나사 선배님을 좋아하셨던 일 말씀하시는 건가요?"

"넌 뭘 또 그렇게 훅 들어오냐? 그거 내 흑역사거든?"

"그게 왜 흑역사에요? 라나사 선배님은 여자인 제가 봐도 반할 정도인데. 저 가끔 연무장에 가서 수련하시는 거 살짝 훔쳐보기도 해요. 몰랐으니까 그럴 수도 있는 거죠."

"아이고, 이해해 주니 눈물 나게 고맙구나."

"그러고 보니 기분이 어떠셨어요? 한때 좋아했던 분이 사촌 누나라면 좀 놀랍긴 하겠지만, 그래도 나중엔 기분 좋지 않았어요? 저라면 엄청 든든할 것 같은데."

"처음엔 좋았었지."

과거형 말투였다. 그에 젬마가 고개를 갸웃거리자 라피트가 별안간 움찔 어깨를 떨며 급히 식판을 비우기 시작했다.

"아 씨, 너 때문에 깜박했다. 말 시키지 마. 나 이거 먹고 얼른 도망가야 해."

"예? 도망이요?"

"잡히면 죽을지도 몰라."

"죽다니요? 누구한테요?"

젬마가 영문을 몰라 재차 물을 때였다. 라피트의 등 뒤에서 스산한 기운과 함께 살기 어린 목소리가 들려왔다.

"아마도 그게 나 같은데?"

"커헉!"

목구멍으로 넘어가던 음식이 그만 사레들린 듯 라피트가 컥컥거렸다.

"쯧쯧, 라나사에서 도망을 꿈꾸다니. 하여튼 간 큰 녀석이야."

에이단이 혀를 차며 컵을 내밀자, 라피트가 허겁지겁 물을 들이켰다. 그런 그의 옆에는 어느새 바율과 퀸, 로건과 일라이까지 와 있었다.

젬마의 눈이 반짝반짝 빛났다. 동경하는 상대가 바로 코앞에 있으니 당연한 반응이었다.

"언제 온 거야? 깜짝 놀랐잖아!"

만만한 게 혈육이라고, 라피트가 로건에게 버럭 소리를 질렀다. 동생이 지금 어떤 심정일지 잘 아는 로건은 그저 말없이 무표정으로 응수했다. 어차피 녀석을 손볼 임자는 따로 있었다.

"중간고사 어떻게 됐어?"

역시 라나사의 첫 질문은 오늘 끝난 시험에 대한 것이었다. 작년 기말고사 때 녀석의 성적을 본 그녀는 거의 기절할 뻔했다. 제 동생이란 놈이 그런 점수를 받고 실실 쪼개며 밥을 먹는다는 게 너무나 기가 찼다.

"왜 대답이 없어? 설마 작년보다 못 본 건 아니겠지?"

"그건 아니에요!"

"그럼?"

"그냥 좀…… 문제가 어려웠다고나 할까."

"내가 직접 필기해서 과목마다 시험 범위 제대로 짚어 줬잖아. 예상 문제도 뽑아 주고. 너, 그거 보긴 한 거야?"

"그럼요! 봤죠!"

졸려서 눈에 잘 안 들어와서 문제였지.

그러나 당장 살아야 했기에 라피트는 뒤의 말을 아꼈다.

"성적 나오는 거 내가 지켜볼 거야. 더 떨어졌으면, 알지?"

라나사의 살벌한 경고에 라피트는 그저 열심히 머리를 끄덕였다. 나중 일은 나중에 생각하고, 일단은 이 숨 막히는 곳에서 벗어나고 싶었다.

형도, 어머니도, 심지어 아버지도 제 성적에는 아무 관심도 없었다. 한데 대관절 왜 사촌 누나라는 사람이 이다지도 성가시게 하는지 당최 이해할 수가 없었다.

하지만 세이모어가에서 서열은 매우 중요했다. 대들었다간 뼈도 못 추릴 게 분명하기에 억울해도 참아야만 했다.

"근데 여기서 둘이 뭐 하는 중이었어? 입구에서부터 봤는데, 젬마는 뭘 그렇게 적는 거야?"

일라이와 젬마는 같은 마법 학부생이었다. 학관에서 오가며 얼굴을 튼 그들은 제법 편하게 지내는 사이였다.

"아, 이거요?"

젬마가 노트를 가슴에 안으며 배시시 웃었다.

"바율 선배님에 대해서 라피트 선배에게 물어봤어요. 정리를 좀 하는 중이거든요."

"정리? 무슨 정리?"

"바율 선배님의 업적? 과거 행적? 뭐 그런 거요."

"그걸 왜?"

바율이 묻고 싶은 말이었다.

그걸 알아서 뭐에다 쓰려는 건지 순간 당황스러웠다.

"위인전을 만들려고요."

"…무슨 전?"

"제가 아카데미에 입학하고 직접 발로 뛰어 보니까, 의외로 바율 선배님에 대해서 제국민들이 잘못 알고 있는 것들이 꽤 있더라고요. 그래서 그걸 바로 잡고 싶은 마음이 들었어요. 얼마나 대단하신 분인지 널리 알려야 하잖아요!"

"아니, 그런 걸 단독으로 기획했다고? 왜?"

"저 혼자 하는 거 아니에요."

"혼자가 아니면?"

"동아리에서 함께 만들고 있거든요."

이건 또 무슨 소린가.

동아리?

바율의 미간이 좁아지는 걸 아는지 모르는지 젬마가 씩씩하게 대꾸했다.

"앞으로도 쭉 바율 선배님을 알리는 데 앞장설 거예요! 지금은 비록 한미한 처지지만, 에피 선배님처럼 동아리 회장이 되는 게 저의 목표랍니다!"

"잠깐만. 누가 회장이라고? 에피?"

익숙한 이름이 거론되자 바율은 물론 친구들 전부 입이 떡 벌어졌다.

그 숫기 없고 낯가림 많은 에피가 뭘 한다고? 회장? 이게 말이 돼?

서로를 향한 그들의 경악 어린 눈빛은 각기 그런 심경을 담고 있었다.

"그…… 동아리 이름은 뭐야?"

"실버 블론드요."

"실버 블론드?"

"네. 다음 생에는 바율 선배님의 머리카락으로라도 태어나자는 취지에서 에피 선배님이 그렇게 지으셨대요. 귀엽죠?"

쩸마가 그림 같은 미소를 지으며 뿌듯하게 말했다.

"애 별명 잘못 지었어. 암만 생각해도 나보다 더 또라이 같아. 그래, 명랑 또라이가 좋겠다."

라피트가 질렸다는 듯 부르르 어깨를 떨고는 자연스럽게, 천천히 일행에게서 벗어났다. 당분간 되도록 라나사에게서 떨어져 지내는 것이 녀석의 원대한 계획이었다.

바율은 의도치 않게 식욕을 상실했고, 친구들은 그런 바율을 살피느라 음식이 입으로 들어가는지 코로 들어가는지도 모를 지경이었다.

인기가 치솟다 못해 찬양하는 동아리까지 생겨나고 있었다. 어쩌면 이건 아직 시작에 불과할지 모른다. 녀석이 부디 시대의 흐름에 맞게 적응하기를 바라는 수밖에는 없다고 친구들은 생각했다.

2.

햇수로 3년째를 맞이하는 바율의 아카데미 생활은 제법 순조로웠다. 특이한 점을 꼽으라면 차마 스스로 입에 올리기에도 민망한 '실버 블론드'라는 이름의 그를 추종하는 동아리가 생겼다는 사실이었지만, 딱히 그들이 바율을 귀찮게 하는 경우는 없었다.

동아리의 존재를 처음 알고 내심 우려했던 게 헛수고일 만큼 그들은 바율에게 아무것도 원하지 않았다.

다만 위인전을 제작하겠단 말은 진심이었는지, 나름대로 체계적으로 조사단까지 구성해 일을 진행하는 눈치였다. 아직 바율에게 정식으로 인터뷰 요청이 들어온 적은 없으나, 벌써 주변 친구들은 꽤 많이 만난 것 같았다.

그러면서 알게 된 사실 중 하나는 실버 블론드의 가입 조건이 상당히 까다롭다는 점이었다.

회장인 에피가 손수 작성한 시험 문제를 고득점으로 통과해야 함은 물론, 회원의 과반수가 찬성을 해야만 정회원으로 입단할 수가 있었다.

슈빅의 말에 의하면 아카데미 내에서 실버 블론드에 들어가기 위한 경쟁률이 엄청나게 치열하다고 했다. 거기 들어간다고 해서 딱히 바율과 친하게 지낼 수 있다든가 하는 특혜가 전혀 없음에도 가입 문의가 쇄도한다고 하니, 당사자인 바율로서는 참으로 기이할 노릇이었다.

심지어 회원이 되면 크리스털이 박힌 은으로 제작된 얇고 긴 형태의 브로치가 나오는데, 그 모양이 마치 동아리 이름처럼 바율의 머리카락을 연상시켰다. 그 브로치를 교복 상의에 다는 것 자체로 캐링스턴에선 선망의 대상이 되고는 했다.

처음 그 브로치를 보았을 때 바율은 눈을 어디에 두어야 할지 몰라 허둥거렸었다.

하지만 지금은 어느새 비교적 익숙해졌고, 반갑게 눈인사를 건넬 수도 있게 되었다.

시대의 흐름에 맞게 적응해야 한다는 걸 인정하고 받아들인 결과라고 할 수 있었다.

그렇게 시간은 유수처럼 빠르게 흘러갔다.

"너희들 들었어? 싱클레어 말이야. 이번 학기가 끝나면 본국으로 돌아간다고 하더라?"

3학년 1학기 기말고사가 얼마 남지 않은 주말 오후였다.

바율은 시험공부를 핑계로 오랜만에 친구들을 캐링스턴의 저택으로 초대하였다.

리타는 여지없이 솜씨를 발휘했고, 한 상 거나하게 차려진 식사 자리에는 친구들뿐 아니라, 마황과 데스, 그리고 이언과 이사장인 라예가르까지 참석했다.

"아직 후유증이 남은 건가?"

로건의 의문에 에이단은 그건 아닌 것 같다며 고개를 저었다.

"이사장님이 기억 조작을 완벽하게 해 주신 덕에 천족에 관한 건 일절 기억을 못하더라고. 자세히 묻지는 않았는데, 그냥 기숙사 생활이 적성에 맞지 않나 봐."

"일국의 왕자가 지내기엔 다소 열악한 편이긴 하지."

그렇게 말하면서 일라이가 슬쩍 퀸을 살폈다.

"날 왜 봐?"

그걸 어떻게 알았는지 퀸이 눈길조차 주지 않은 채 반응했다.

"헐! 넌 옆에도 눈이 달렸냐? 내가 보는 건 또 어찌 알았대?"

"인어족의 예민한 감각에 대해서라면 너도 잘 알 텐데?"

"하긴, 그렇지."

일라이는 순순히 인정하며 고기를 한 덩이 집어 입으로

가져갔다. 그러다 문득 궁금증이 돋았다.

"이봐요, 마황 아저씨. 엘레오스 그 자식은 지금 어쩌고 있어요?"

"호오, 이젠 내게 말을 높이기로 한 건가?"

"그쪽을 뭐 완전히 믿는 건 아니지만…… 오해가 풀리기도 했고, 내가 도움을 받은 게 있기도 하고…… 그래서요."

일라이가 쑥스러운 듯 크루델리스를 비켜서 쳐다보며 우물쭈물 말했다. 그에 그가 픽 웃더니 대수롭지 않게 대꾸했다.

"어쩌고 있기는. 딱 죽고 싶은 심정이겠지. 태초의 어둠에 갇히면 웬만한 정신력의 소유자라도 버티기 힘들거든. 아마 이미 죽었을 수도 있고?"

"그, 쾌락의 신들은요? 그자들도 벌을 받았나요?"

당시의 분노가 떠올랐는지 라나사의 말투가 매서웠다.

"한평생 쪼그리며 살게 됐으니 그렇게 노려볼 것 없어. 다시는 인간계엔 발도 못 붙이게 했으니 안심하라고."

사실 마황에겐 쾌락의 신이 쾌락을 좇은 건 너무나 당연한 일이었다. 하지만 그는 바율에게 잘 보여야만 하는 이유가 있었다. 그랬기에 이례적으로 놈들을 무섭게 손봐 주었다. 녀석들로서는 억울할지도 모르지만, 그런 것까지는 그가 알 바 아니었다.

"바율. 지금 와서 하는 말인데, 아리아나에서 야도 상대하는 거 생각보다 너무 쉽지 않았냐? 무려 태고의 신물을 갖고 있었는데 말이야. 난 좀 싱거울 정도였다니까?"

뜬금없는 에이단의 말에 식당의 모든 시선이 바율의 양쪽 귀로 쏠렸다. 진한 적색 빛깔의 진주알 모양의 귀걸이를 착용한 바율의 모습은 확실히 전과는 다른 느낌이었다.

디자인은 특별하다고 할 수 없는 수준이었지만, 강렬한 색감 탓인지 인상이 다소 화려해진 것 같다고 해야 할까.

북쪽 지방 출신답게 유독 하얀 피부를 가진 바율은, 그 때문인지 입술이 더 빨갛게 보이곤 했다. 거기에 같은 빛깔의 귀걸이까지 찼으니 어울리지 않을 수가 없었다.

"에이단, 그건 당연한 결과야. 우리가 진짜로 상대해야 하는 존재가 누군지 그새 잊었냐?"

"천계를 말하는 거야?"

"그래. 주신까지 죽여야 하는 마당에, 그깟 겁쟁이 하나를 해치우지 못해서 쩔쩔맸다면 그게 더 문제 아니었겠니?"

"라나사 말이 맞아. 게다가 그 야도란 자식은 망각의 기쁨을 제대로 사용하지도 못했잖아. 막판에 신물에 먹혀서 날뛰는 거 다들 봤지?"

"설마 바율도 그렇게 되는 건 아니겠지?"

때늦은 걱정이 아닐 수 없었다. 망각의 기쁨은 이미 반년이 지나도록 바율의 귀에서 얌전히 지내는 중이었다. 딱 한 번, 바율이 세계수의 공간을 열었을 때 힘을 보태 줬던 것 말고는 별달리 특이한 구석이 없었다.

"이사장님! 이사장님이 말씀 좀 해 주세요. 이 망각의 기쁨에는 어떤 능력이 있는 건가요?"

"글쎄. 자잘하게는 너희도 알다시피 남의 정신을 조종하는 정도? 그래서 이름도 망각의 기쁨이지."

"저번에 세계수를 보니까 그 힘만 있는 건 아닌 거 같던데요?"

"주신이 만든 태고의 신물 중에서 가장 잘 알려지지 않은 게 바로 이 귀걸이야. 다만 내가 어디서 주워듣기로는 다른 신물과 합쳐졌을 때 진짜 힘을 발휘한다고 하더군."

"내가 알기로도 그래."

마황이 덧붙이자 아이들의 눈동자에 기대감이 번졌다.

"진짜 힘이요? 그게 뭔데요?"

"그건 나도 모르지. 너희가 시험이라도 해 보든가. 태고의 신물이라면 몇 개 갖고 있잖아."

"시험을 해 본 건 아니지만, 그냥 같이 뒀을 땐 별 변화가 없던데요?"

바율이 제 목에 걸린 펜던트를 손으로 감싸며 얘기했다.

"그래? 그럼 아직 때가 아닌가 보지. 기다려 봐. 그게 바율 네게 떨어진 건 그만한 이유가 있어서일 테니까."

라예가르는 지나가듯 무심하게 툭 내뱉었지만, 고룡인 그의 말은 절대 허투루 들어선 안 되었다.

일라이의 숨겨진 비밀이 드러난 후로 그는 완전히 달라 졌다. 더 이상 전처럼 짓궂은 장난을 치는 일도 없었고, 누 구보다 믿음직한 어른의 모습만을 보여 주었다.

그런 그를 근 몇 달간 아카데미에서 볼 수 없었던 이유는 그가 드래곤 사회에 대한 개혁에 들어갔기 때문이었다.

자상한 드래곤 로드 놀이를 끝낸 라예가르는 인정사정 봐주지 않았다. 드래곤과 드래곤의 조합으로 탄생한 그를 감당할 수 있는 드래곤은 불행히도 현존하지 않았다.

마황에게서 카이늄을 얻은 그는 그것을 주저 없이 살육 에 동원하였고, 진정한 강함이 무엇인지를 몸소 보여 주었 다.

자신이 죽는 날까지 일라이가 안전하게 살 수 있는 세상 을 만들어 주겠다는 약속을, 그는 현재 열심히 실천 중이었 다.

"참, 이걸 주려고 했는데 잊고 있었네."

라예가르가 손을 뻗자 아무것도 없던 허공에 돌연 작은 구멍이 생겨났다. 그가 그 안에서 뭔가를 쓱 끄집어냈다.

"검······ 입니까?"

무게가 꽤 나갈 법한 장검이었다. 그간 관리가 잘 된 듯 칼날은 스치기만 해도 베일 듯 날카로웠고, 검신은 먼지 한 톨 없이 깨끗해 마치 거울처럼 얼굴이 비칠 지경이었다. 손잡이는 금으로 번쩍거렸고, 갖가지 종류의 보석들이 날개 문양으로 박혀 있었다.

"이름은 천사의 날개. 내가 갖고 있던 태고의 신물이다."

"우와! 태고의 신물이요?"

"이렇게 검으로 된 신물도 있었어요?"

이제껏 그들이 본 신물은 꺼지지 않는 불과 근원의 지팡이를 빼고는 전부 장신구들이었다. 무기로 된 것은 처음이었기에 다들 눈들이 휘둥그레졌다.

"자, 누가 가질 테냐?"

"예?"

태고의 신물은 무조건 바율의 것이라고 여기던 그들이었다. 그런데 갑자기 라예가르가 예상치 못한 질문을 던지자 순간 이해가 가질 않았다.

"다들 한꺼번에 멍청이가 됐네."

오늘도 열심히 먹는 데 집중하던 데스가 그 광경을 보고 혀를 찼다.

"바율이 저 검을 들고 뭘 할 수 있겠냐? 아니지, 애초에 저 얇은 팔로 검을 들 수나 있겠어?"

데스의 독설에 바율은 자기도 모르게 제 팔을 내려다보았다. 무기라고는 교양 과목 중 하나인 기초 무기술에서 목검을 손에 쥐어 본 게 다였다. 인정하고 싶지 않았지만, 데스의 말처럼 그는 저 검을 들 수도, 이용할 수도 없었다. 그건 직접 들어 보지 않아도 충분히 예측 가능했다.

"공교롭게도 기사 학부가 셋이나 되네. 이거, 너희 셋 중 하나가 사용하면 되겠다."

"…저는 빠지겠습니다."

로건이 품에서 단도를 꺼냈다. 녀석의 친구인 에고 소드, 기드온이었다.

"전 기드온이면 되거든요."

"그래? 그럼 경쟁자는 둘이 남은 건가?"

에이단과 라나사가 서로를 돌아보았다. 둘은 갑작스러운 사태에 조금 얼이 나간 표정을 짓고 있었다.

"…이건 무슨 능력이 담겨 있나요?"

그때 불현듯 에이단이 물었다.

"대충 느낌이 오지 않든?"

"혹시…… 이걸로 천족을 벨 수 있는 겁니까?"

"설마 천족뿐일까. 이 검만 있으면 여기 마족들을 베는 것도 문제는 아니지."

"당연히 그럴 만한 실력을 어느 정도 갖추었다는 전제하에서 말이야."

마황이 말 똑바로 하라는 듯 라예가르를 쏘아보며 첨언했다.

"그러니까 한마디로 천족이든 마족이든 인외의 존재를 상대하는 데 도움이 된다는, 그런 말씀인 거죠?"

"역시 똑똑해."

라나사의 깔끔한 정리에 라예가르가 엄지를 세울 때였다. 돌연 에이단이 포기를 선언했다.

"라나사, 네가 가져."

"뭐? 왜?"

무려 태고의 신물이었다. 기사가 목표인 이들에겐 욕심이 나는 물건일 수밖에 없다는 뜻이다. 로건이야 기드온이 있으니 백번 이해할 수 있다지만, 에이단의 양보는 의아했다.

"난 테이머잖아. 넌 검술 말고는 할 줄 아는 것도 없고."

"뭐야. 너 지금 나 봐주는 거니?"

"네가 그렇게 받아들인다면 어쩔 수 없는데, 그냥 네가 갖는 게 제일 나은 것 같아서 그래."

"정말로 내가 가져도 된다고? 욕심이 요만큼도 안 생겨?"

"태고의 신물이라면 아직 더 남았잖아. 난 그걸 노려 볼게."

에이단의 우스꽝스러운 답변에 라나사는 결국 피식 웃고 말았다.

"다들 이렇게 나온다면 거절할 내가 아니지."

라나사는 어깨를 한 번 으쓱이며 조심스럽게 천사의 날개를 손에 들었다. 그러곤 이리저리 돌려 가며 검신을 훑어 내렸다.

기분 탓일까.

검을 쥔 순간 어째선지 짜릿한 쾌감이 느껴졌다. 그녀의 전신을 알 수 없는 기운이 꿰뚫고 지나간 기분이었다.

"란데르트 백작님!"

식당의 문이 벌컥 열리며 누군가 급히 들어선 것은 그때였다.

"맥 보좌관님, 무슨 일인데 땀을 그렇게 흘리세요? 황도에 가셨던 일은 잘 보고 오신 거지요?"

곧 있으면 여름 방학이었다. 바율이 학생에서 특무대신으로 돌아가는 순간이었다.

"이번엔 어디로 가라고 하십니까?"

"지금 그게 문제가 아닙니다! 황궁이 발칵 뒤집혔어요!"

"황궁이 뒤집히다니요? 그게 무슨……?"

"황태후 마마께서 쓰러지셨습니다! 신관들이 여럿 달려 들었지만, 현재까지 의식 불명 상태이십니다."

"지병이 도지신 겁니까?"

프리실라 황태후는 아버지의 오랜 지기였다. 그녀의 건강도 염려되지만, 상심하실 아버지 또한 걱정하지 않을 수 없었다.

하지만 맥 보좌관의 말은 아직 끝난 게 아니었다.

"그건 저도 정확히 모르겠습니다. 더 큰 문제는, 린데만 황태자 전하께서 옥에 갇히셨다는 겁니다!"

"…뭐라고요?"

"전하가 왜요? 대체 누가 황태자 전하를 옥에 가둘 수 있단 말입니까?"

"폐하의 명이십니다."

"폐하요?"

조금만 깊이 생각해 보면 황태자를 그리 취급할 수 있는 건 이 제국에서 오로지 황제뿐이었다.

하지만 너무 뜻밖인지라 다들 뇌가 얼어붙기라도 한 것처럼 멍해졌다.

"죄목이…… 뭡니까?"

"그게……."

맥 보좌관은 그답지 않게 머뭇거렸다. 그가 불안한 듯 입술을 잘근잘근 깨물다가 결국 털어놓았다.

"카트린느 황비와 카를 황자를…… 시해하려 했다는 명목입니다. 물론 미수에 그치기는 하였습니다."

"지금 그 말을 저보고 믿으라는 겁니까? 황태자 전하께서 무슨 까닭으로 그런 짓을 벌이신단 말입니까? 말도 안 됩니다!"

"현장에서 직접 잡히셨습니다. 목격자도 많고요. 그로 인해 베르가라가 완전 살얼음판이 되었습니다."

황태후 마마가 의식 불명으로 쓰러지셨다. 이후 곧바로 린데만 황태자가 황족 시해 죄로 옥에 갇혔다.

새로운 황자가 태어난 지 채 일 년도 되지 않은 이 시점에 이런 사달이 났다.

이 모든 게 단순한 우연일까?

바율은 린데만 황태자의 성정을 모르지 않았다. 그는 절대로 그럴 사람이 아니었다.

"아버지는요?"

"아마 지금쯤 해밀턴에도 연락이 닿았을 겁니다. 바로 황궁으로 향하고 계시겠죠."

"저도 가겠습니다."

기말고사가 코앞이었지만, 바율은 망설이지 않았다. 린데만 황태자는 그에게 먼저 손을 내밀어 친구가 되어 달라고 했었다. 위기에 처한 친구를 모른 척할 수는 없다.

만약 황궁에 어떤 음모가 도사리고 있다면, 바율은 반드시 그걸 파헤쳐 전부 원래대로 돌아오게 만들 작정이었다.

무겁게 가라앉은 그의 눈빛이 엘레오스를 마주했던 그때처럼 시시각각 변하며 요요하게 빛났다.

〈다음 권에 계속〉